U0959687

望花

邓安庆 著

译林出版社

图书在版编目（CIP）数据

望花／邓安庆著．—南京：译林出版社，2022.10
ISBN 978-7-5447-9337-7

Ⅰ.①望…　Ⅱ.①邓…　Ⅲ.①中篇小说－中国－当代
Ⅳ.①I247.5

中国版本图书馆 CIP 数据核字（2022）第 129049 号

望花　邓安庆／著

策　　划　黄　洁
责任编辑　潘梦琦
装帧设计　尚燕平
校　　对　戴小娥
责任印制　单　莉

出版发行　译林出版社
地　　址　南京市湖南路 1 号 A 楼
邮　　箱　yilin@yilin.com
网　　址　www.yilin.com
市场热线　025-86633278
排　　版　南京展望文化发展有限公司
印　　刷　徐州绪权印刷有限公司
开　　本　787毫米 ×1092毫米　1/32
印　　张　6.625
插　　页　4
版　　次　2022 年 10 月第 1 版
印　　次　2022 年 10月第 1 次印刷
书　　号　ISBN 978-7-5447-9337-7
定　　价　56.00 元

版权所有 · 侵权必究

译林版图书若有印装错误可向出版社调换。质量热线：025-83658316

第一部

一

错误无法避免。错误无可挽回。

张云松一想到出现这样的状况，而且是上班的第一天，简直无法忍受自己的愚蠢。他听到身后柳经理的咳嗽声，总忍不住想回头看，生怕有什么指示没有听到，会接着犯第二个错误。是的，他把柳经理当成张总监了。柳经理穿着藏青色西服，戴着方框眼镜，看起来成熟稳重，脸色紧绷严肃，张云松第一眼看过去就认定他肯定是张总监。只有大领导才会有这样的风范吧。他穿过办公室的过道，速速走到靠窗户的位置，笑容堆起，微微躬身，说道："张总，您好。我是新来的文案策划，张云松。"柳经理抬头看了他一眼，并无过多表情，把手往对面一指："张总在那儿。"他扭头看过去，在柳经理办公桌对面也是一张同样的大办公桌，一个像是老小孩的中年男人坐在那里对着笔记本写东西，他刚进来的时候根本没有留意过这个人，没想到他才是整个公司的广告总监。他慌乱地对柳经理道了一声歉，走到总监那里说："张总，您好。"张总抬头一看，露出满满的笑意，还站起来跟他握手："欢迎欢迎。"握完手，又叫前台小赵来给他安排办公桌。

但他是归柳经理管。柳经理是张总的下属，而他是柳经理的下属。他的办公桌就在柳经理的前面，他的一举一动都在柳经理的视线之内。他不敢乱动，也不知道自己要做什么——柳经理没有分派他任务。他的手划拉着鼠标的滚轮，咔嚓咔嚓，声音很大，很不好用。办公室的中央空调吹来强劲的凉风，但他依旧在流汗，从额头到脖颈，都是汗津津的。特意从专卖店花了一千多元买来的西服套装，穿在身上，看起来分外神气。他的大学室友都说这衣服穿起来，跟明星一样帅气。他信的。他就是穿着这样帅气的衣服来这家广告公司报到的。他跟漂亮的前台打招呼，穿过两面墙上都是客户宣传图的走廊，进了这间办公室，跟张总见面握手，跟同事介绍自己，然后开始工作，精神要饱满，干劲要十足，给领导留下好的印象，这样才能过三个月的试用期。一切的一切，都从这个错误开始瓦解。愚蠢。简直是太愚蠢了。他根本不敢想柳经理会怎么看他。他眼睛盯着公司文档里的成功案例看，却一个字都看不进去。耳朵两侧烧到脸颊，热得想把衣服给脱掉。衬衣扣得太紧，脖子勒得慌。

办公室的门忽然开了，一个看起来三十岁左右的女人走了进来。她的办公桌就在张云松的对面。她把挎包放在桌上，扭头看了张云松一眼，点头微笑："咦，新同事？你好！"张云松忙回了一句："您好！"只听见柳经理说："唐洁，你怎么又迟到了？"唐洁一边坐了下来，打开电脑，一边说："我女儿昨晚发烧了，我送她去医院。"柳经理沉默了一会儿，又问："望花内刊的方案你弄好了吗？"唐洁从挎包里把文件拿出来，起身走到柳经理那边："你过目一下。"张总那边问："小朵烧得怎么样了？退了么？"唐洁叹了口气："今天早上才退下来。昨晚真是急死人了。"柳经理插话进来："你这题目都有个错别字，怎么回事？要是客户看到了怎么办？"唐洁说："我马上去改。"她又把文件拿了回来，见张云松看她，她嘴微微一咧又一嘟，露出苦笑的表情。张总站起来去饮水机边接水，接着说："我倒是认识儿童医院的主治医师，小朵有什么不舒服可以找她。”唐洁点头说好。

中午十二点是吃午饭的时间，办公室里的人三三两两地结伴出门。身后的柳经理和张总都没有起身，张云松也不敢乱动。唐洁拿着门禁卡起身：“不去吃饭？”张云松说好。张总说：“小唐，帮我打一份。随便什么都行。”唐洁点头说好，又问：“柳经理，你需要带什么？”柳经理难得笑了笑，说：“不用了，谢谢。”唐洁笑说：“我知道了。柳夫人肯定给你备好了午餐！”柳经理这次是真笑了：“快去吃吧！”唐洁甩着门禁卡的丝带往门外走：“柳夫人肯定炖的莲藕排骨汤，我都闻到香味儿了！”张总和其他几位带饭的同事哄笑起来。电梯口同事们都在等，有一个高瘦的女人在向唐洁打招呼：“今天还去马路对面那家怎么样？”唐洁回头向跟在身后的张云松瞅了一眼：“怎么样？跟我们一起去吧。”见张云松点头，她对那位同事说：“新来的文案策划，跟我们一起吃。”那女人冲张云松笑着点头，又小声跟唐洁讲：“柳经理又有新的蹂躏对象了，就不会为难你了！”唐洁斜瞥了张云松一眼，手往那女人轻推了一下：“不要吓坏了小朋友！人家第一天才来上班呢。”那女人哧哧地笑了起来。

等红绿灯的时候，唐洁和那个叫蒋芸的女同事手挽在一起说话，张云松一句也插不进去，便去看公司门口的那个保安。保安站在遮阳伞下，看看马路，看看院子，头顶飞过一只鸟也去看看，他的脚像是站在热锅上，停不住，一会儿换一个姿势站着。张云松想他每天工作最大的任务也许不是担负“保安”的职责，而是如何打发这漫长的时间——如果不被无聊压垮的话。张云松觉得自己就是这样的，一上午一件事情都没有做，柳经理也没有分派任务，只让他看看过去的文案案例。他把文案来来回回看了十几遍，实在是了无趣味，想要打开网页看看新闻，也忍住了。第一天，不能再犯错误了。唐洁叫他，他赶紧跟着她们走到马路对面。行道上的悬铃木筛下零碎的阳光，落在唐洁的脖子上，细细的银项链闪着微光。她比自己矮了一个头，头发烫成小卷，头发的末梢看出染过的痕迹，耳朵后面还有一颗小痣。她忽然转过头问他：“你多大了？”张云松还没来得及回过神，愣了一下，才回答：“二十二岁。”蒋芸笑着说：“真是年轻得发光啊！”唐洁也笑着上下打量了张云松一番：“嗯，本公司最年轻的小朋友。”

吃的是石锅拌饭，唐洁和蒋芸坐在他的对面，两人嘀嘀咕咕说话，说着说着放声大笑。张云松低头吃自己的，米饭很硬，嚼起来很吃力，番茄酱也放多了。唐洁问他：“是不是不好吃？”他忙摇手：“蛮好的。”唐洁又说：“实在不好吃的话，再点其他的。我请客。”他抬头，唐洁正看着他，他又低下头，脸上发烧，大口地往嘴里填饭：“真不用，唐姐。”蒋芸说：“今早你把柳经理和张总搞错了是吧？”张云松点点头，脸腾的一下红了，心里有点儿发恼。蒋芸笑了，唐洁也笑了，两个人笑起来的声音，在他的耳朵里听来分外刺耳。他很想立马站起来走人，这时唐洁说：“好了好了，不要再笑了！小朋友会尴尬的。”唐洁此时说话变成了认真的口气：“你搞错后，柳经理没有说你吧？”听张云松说没有，她盘弄着手上的结婚戒指：“那就对了。不是你一个人搞错，我第一天来也搞错了。”蒋芸把筷子戳过去：“也就你搞错了。我第一天来怎么就分得清清楚楚的。”唐洁躲过了筷子，笑骂：“你有第三只眼好吧？！这也不能怪我呀，谁叫柳经理长着一副大领导的样子，干的却是小领导的活儿？”蒋芸啧啧嘴说：“这个未必。等一两年看，柳经理很有可能会取代现在的张总呢。你等着瞧吧。”唐洁像是赶一只在眼前飞舞的苍蝇似的："让他们上层斗吧。我实在烦这些烂事。"说着见张云松在认真听，便笑笑说："你才来，好好工作就是了。认错人了，不是什么大不了的事儿。"张云松点头说好。要结账的时候，张云松怎么也不肯让唐洁请客，唐洁手指着他说："你坐着，你才毕业，有几个钱？"张云松乖乖地坐下，看着唐洁把账结了。

二

他住在五十块钱一晚的小旅馆，房间没有窗户，四面墙包着一张床，他就浸在这种没有一丝光的黑暗中，连自己的呼吸声都听得非常真切。深夜走廊那边依旧有纷纷沓沓的脚步声，接着隔壁房间开门的声音，男女说话的声音，关门的声音，都能听得一清二楚。他没有动。他在等待。男人说话。女人说话。冲马桶。淋浴时水溅在地板上的声音。男人说睡吧，女人说头发还没干。他非常担心自己怦怦的心跳声被他们听到。他们躺下了，床铺发出吱呀的一声响。很长时间，没有声音。渐渐地，有男人的呼噜声。只有呼噜声。他松了一口气的同时，又觉得怅然若失。什么都没发生，什么都好像在脑中发生过。躺在床上，张云松忽然想起这件事，已经是十天前了，如今想起来当时那种感觉又一次涌起来。新租的房子马桶有问题，晚上睡觉时一直能听到漏水的声响。床板也有问题，靠脚的那一头塌陷下去了，租房的时候也没有注意到。

一切都很匆忙。十天前，他在省城参加一个报社的笔试，跟他一起竞聘的都是名校的学生，他知道自己没戏，还是想在旅馆里等等看，也许奇迹会发生呢。第二天结果出来，他没有进入复试名单，这本来就是意料之中的事情，但还是叫人沮丧。走出报社大门，沿着马路走，阳光不近人情地好，从湖边吹来的微风也很惬意。他坐在花坛前面的长椅上，给室友吴鹏飞发了一条短信："败。"发完后，眼泪莫名地涌上来，他压了又压，鼻头发酸得厉害，还是没有压住。他索性埋着头哭，哭得很小声。这次不是还好吗？人家还让你笔试。之前的招聘会上，人家看看你的学校，连你的简历都拒绝接受，不是更气人吗？还有还有，你的同学有多少找到工作的呢？吴鹏飞没有吧，张正华没有吧，李玉生也没有吧，都没有，都连续几个月地投简历，都是一次一次地没有下文，他们不也都是接着找吗？虽然这样安慰自己，眼泪依旧控制不住地流，心里却轻松了好多。吴鹏飞回了一条短信："学校招聘会明天在北校区的大礼堂，速回。"他站起来，抹了抹脸，吁了一口气，打车去火车站。

又是经历了笔试和面试，主考官让他回去等通知，他一听，已经认定自己没戏了。他坐上回学校的公交车，身子松弛地靠在塑胶座椅上，太阳卡在新世纪大厦双子塔的中间，玻璃墙上映照出橘红色的晚霞。车头擦过栾树的树枝，发出沙沙的摩擦声。他想起主考官问他的一个问题："在你来面试的路上，你观察到什么？"他是怎么回答来着？——坐公交车，车上的乘客不太多。主考官又问他，对这些乘客有没有印象？他脑子里一片空白，根本就没有在意过那些乘客，更别说观察了。但他还是现编了一番，几个女乘客，几个男乘客，几个老人，几个学生。他说得好像自己亲眼见过他们一样。他再次看车厢，每个座位上都坐了人，大部分都是回校的学生。他们都是沉默的，看窗外，刷手机。世界毫无意外地运转，他也要毫无意外再次离开这个城市。车子过汉江大桥，他开窗深呼吸，江水的腥气迎面而来，太阳收走了最后一缕光线后，在远处的群山间沉了下去。

推开宿舍门，吴鹏飞、张正华、李玉生还在斗地主。两张凳子拼成牌桌，七八个啤酒瓶放在地上，没有喝完的大可乐瓶子里浮着十几个烟头。吴鹏飞拿着一手牌，抬头见他进来忙招手：“快接我一局！我一泡屎快憋死了！”说着把牌往他手上一塞，就匆忙往卫生间跑去。真是一手烂牌，都不知道怎么打了。过了一会儿吴鹏飞的声音传过来：“你面试得怎么样了？”他大声地说：“照旧！”张正华扑哧一声笑了起来：“你舅舅照得快烦死了！”烦死了。烦死了。大家都快烦死了。隔壁寝室的人，有的去上海，有的去北京，有的要回家考公务员。而他们四个人还在寝室里斗地主，整晚不睡觉地斗，仿佛他们根本不操心这些事情似的。只有他每天都在网上投简历，往各个城市跑，笔试、面试、笔试、面试、笔试……半年下来，他现在还是在跟他们打牌，好像之前这些事情都没有发生过。李玉生喊道：“吴鹏飞，臭死了！快冲水！”

烂牌烂牌，一手烂牌，没法打的烂牌。他把牌丢到凳子上，往自己床上倒去。“怎么不玩了？”李玉生问。他拍拍脑袋说：“头疼。”张正华拍着大腿，把牌摊开：“我两个大王啊！马上就赢了呀！”他没去理会，寝室里那股结结实实的臭气如此明显，他之前都没有注意到。不只是卫生间的，还有他们沤在盆子里一个星期都没洗的衣服和袜子，还有堆满垃圾的阳台，还有室友们没有洗澡的身体，凑在一块让人无法忍受。吴鹏飞从卫生间跑出来，问：“张云松，你怎么不玩了？”他翻身向墙：“有点儿不舒服。你们玩吧。”吴鹏飞爬上来，把手往他额头贴了贴，被他一下子打了回去：“你没发烧嘛。”李玉生在下面说：“哎呀，不要秀恩爱了！接着打！”吴鹏飞跳下来，他们又继续开战。墙壁上贴了一张周期元素表，一角已经掉了，也不知道是哪一届睡在这张床上的人留下来的，他一直懒得撕掉。不知道这个人现在在哪儿，在干什么。不管怎样，他肯定找到工作了吧。

他又在床上翻了个身，怎么也睡不着。有风吹来，窗户的铁栓子吱嘎响，小巷深处有狗吠声，听久了像是有一个老头在吭吭地咳嗽。必须睡觉，明天还要打足精神去上班。他是寝室里第一个找到工作的，接到录用的短信，他在床上耶的一声叫起来，虽然那时已经是上午十一点了，其他室友还在睡觉。他那一声那么大，他们还是睡得沉沉的。他又“喔”了几声，吴鹏飞睡眼惺忪地抬头问：“你发神经啊！”他跳到吴鹏飞床上去，把短信翻给他看。吴鹏飞打了个呵欠，把手机接过来看了一眼，忽地坐起来：“我操！你要请客啊！”他把手机夺过来，又跳回自己的床上：“我还要考虑一下要不要去。”吴鹏飞不管他，爬下床去摇张正华和李玉生：“起来起来，中午要吃大餐了！”那两人都老大不情愿地睁开眼睛，瞪着吴鹏飞。“快起来！张云松是有工作的人了，你们还等什么！宰呀！”宰得真够狠，学校东门学苑酒店，四个人十道大荤，花了小三百。

因为上班的地方离学校太远，第二天他就忙着去市区找房子，吴鹏飞的女朋友，同时也是同班同学的张慧是本地人，她说起在滨江广场附近有城中村，房子多的是，他当天就赶过去，随便看了几家就定下了，房租六百，一室一厅一厨一卫，水电费另算。房子的事情搞定，又回学校收拾行李，买了几个大行李袋，棉被、衣服、书本、台灯、小板凳，什么都想带过去，什么都舍不得扔掉，还是寝室的几个人帮着拎的拎，提的提，一路从学校杀到城中村的租房，东西放下，每个人累得一头汗。又是请客吃饭，这次在滨江广场前头的汉江边吃烧烤，光膀子让江风吹，脚下是细腻的江沙，鱿鱼、茄子、青椒、鸡翅、羊肉、牛肉，烤的一盘一盘上，喝的一瓶一瓶光，粗嘎着嗓子乱唱，唱团结就是力量唱我的爱呀赤裸裸。江对岸的路灯亮起，红的光，绿的光，倒映在江波之上，像是流动的彩虹，隐隐的远山上空悬着半边雪亮的月，广场那边大妈们热热闹闹的广场舞跳了起来。起来坐下，坐下起来，敬酒、罚酒、灌酒，酒瓶倒了一地，人突然间变得极伤感极难过，说着话的当儿眼泪忽然就涌了出来，谁也不知道是谁先哭起来的，忽然间感觉繁华落尽，大家都愣在那里不说话，风吹得越发大了，桌子一晃一晃，江上的轮船嗡的一声，拖着绵长的尾音。

租房只有一张小床，四个人没法睡，吴鹏飞他们三个决定还是回学校。去车站的路上，吴鹏飞吐了，李玉生搀着路都走不稳的张正华，他自己也趔趔趄趄地扶着行道树往前走。赶上了最后一班车，上车之前吴鹏飞转身狠狠地拍着他的肩头说："常回来。"李玉生笑说："一个月后我们全都要滚蛋了。"他点点头，催他们赶紧上车。车子开动了，沿着弧形车道拐个弯，上了中元路，再拐个弯到含香路上隐没不见了。车站空荡荡的，月光毫无遮挡地泼溅一地，他呆立了一会儿往租房走。街道上空空荡荡的，人们都各自回家休息了。虽然在这个城市读大学，可是学校远在郊区，所以晚上几乎都没有在城里好好逛过。一只猫唰的一下从他脚边跑走，吓得他一身冷汗，人也清醒多了。肚子还是鼓胀的，脸上因为哭过现在有些皴，之前耳朵里满满的都是声音，现在一下子静了下来，都有些不适应了。心里还是有些难过，甚至在他们上车的时候，他都想跟着上去。可是另外一种欢欣在心里生成扩大，是的，他终于可以开启新的人生了，可以自己养活自己，可以一个人清清静静地睡觉。他的脚步也变得无比轻快，像是踩在云朵之上。他知道自己有些醉了，可是这种微醺的感觉真好。他就拖着这样的步伐回到了城中村，走进去的小巷子黑洞洞的，极深处的小卖铺亮着一盏灯。

很快天就要亮了，那一套西服平展地挂在墙上，像是自己白天褪去的皮。他不要再穿这个衣服了，第一天去上班没有人穿得这么正式，自己就像是一个傻子一样。但穿什么好呢？穿衬衣还是休闲装？想想没有什么好选择的——从学校把衣服搬过来，每一件看起来都是皱巴巴的，衣领也是脏兮兮的。忽然间这些琐碎的细节像是密密麻麻的蚂蚁一样，在脑子里爬来爬去。仔细回想第一天的所作所为。他刻意不去想认错人的事情，剩下的时间他在干吗呢？发呆。他没有做出应该有的积极努力奋发向上眼观八方耳听四路的灵活劲儿来。如果这份工作失去了，他不知道下份工作什么时候能找到。他不愿意再去想过往找工作的事情了。楼下传来开门的声音，叮叮当当的自行车车铃响，还有早起的老年人的寒暄声。玻璃窗上浮出一轮小小的红日，像是一枚鸭蛋心。该起床了。该洗漱了。新的一天就此开始。

三

开晨会的时候，大家都在自己的座位上站起来，连柳经理和张总都是站着的。主持人轮流制，一人当一天，今天轮到蒋芸。她站在办公室靠门的地方，先汇报了自己昨天的工作进度，见了几个客户，提交了几个宣传文案，通过了几个，没有通过的几个，需要大家协助的有哪些，说完这些，大家开始依次汇报自己的工作。这期间，总经理进来了，她胖胖圆圆的脸一出现，张云松胃部一阵紧张。

他很想低头去看自己的衣服是不是穿得合体，但又不敢乱动。一位同事汇报完，总经理说："不好意思打断一下，刚才酒厂的王经理打电话过来，说县领导昨天去视察过，需要我们这边有个人过去采访一下，回头整理一篇新闻，可以发到报纸上去。谁能过去？"她的声音轻柔却有力，说完她往办公室扫了一眼。柳经理说："唐洁，要不你去吧。"唐洁没有往柳经理那边看，神色上却是为难的。张总说："唐洁的孩子发烧住院，这次要不再换个人好了。"总经理点点头。柳经理啧啧嘴，说："这就难办了。大家手头都有活儿。"张云松举起手来说："我去吧。"总经理走了过来，站在他边上："你是小张吧？"柳经理也靠了过来帮着说："这是新来的文案，他文章写得不错。"总经理微笑着打量了一番说："年轻人不错。那你收拾一下就出发吧，司机小赵会来找你的。"

都不知道当时是怎么想的，唰的一下就举手了。坐下来收拾东西的时候，脑子里还是嗡嗡响，连手都在抖。会不会太冲动了？办公室这些老员工，个个都是经验丰富的老手，没有人应声，偏偏自己应了。如果没做好怎么办？心里真是兴奋感与畏惧感交织。柳经理把他和唐洁一起叫到单独隔开的小办公室，面色凝重。张云松心里当即沉了下去，不知道是不是自己的鲁莽惹恼了柳经理。唐洁也没有说话，她的眼袋很重，昨晚应该也没有睡好吧。柳经理说：“小张，酒厂是我们公司最大的客户，所以你去那边一定要多注意多留心。”张云松忙点头，他又看向唐洁：“你一直是负责酒厂内刊的，这段时间小张你来带。他有什么不懂的，你多多指导他。”唐洁靠在墙上，脚划拉着地面，说：“没问题。”柳经理又交代了一些事项就散会了。回办公室的路上，唐洁小声地说：“谢谢你。”张云松摇摇头说：“唐姐，你客气了。你是我师傅啦。”唐洁瞅了他一眼，笑了起来，说：“感觉一当上师傅，就变老了。”张云松奇怪地看了一眼唐洁，不知道怎么接话。身后响起柳经理走路的声音。

车子上了省道，就往望花镇方向开去，酒厂就在那里。总经理口里的司机小赵，看起来起码也得四十来岁了，烟抽得很凶，一手握住方向盘一手拿烟，脸尖瘦发黄，说话带着浓重的鼻音：“怎么不是小唐来？”张云松听了半天才反应过来，说：“她有事情。”赵司机瞅了他一眼，又吸了一口烟：“你是刚来的大学生吧？”见张云松点头，他接着说：“小唐在我不敢抽烟，你不介意吧？”张云松笑着摇手，他点点头："那就好。小唐厉害着呢！我一抽烟，她就给我说抽烟有害健康，又说她爸是肺癌晚期，都是抽烟抽的。所以呀，她在我就忍着。"说完，他把抽完的烟头往车窗外弹。车子到邓家铺，就堵上了。一个小时时间，前后都是车，赵司机骂了几声，把座位放倒，脚翘在方向盘上。张云松下车跑到路边的小卖铺买了两瓶冰镇可乐回来，司机一瓶，自己一瓶。天空低沉地扣在田野之上，稻田里飞起几只白鹭。虽然堵车，能在这乡间逗留，心情颇为愉悦。赵司机喝了一口可乐，瞥了他一眼，问："有女朋友没有？"见张云松笑而不语，他忽然把头凑过来问："还没跟女人睡过吧？"张云松往后躲了躲，赵司机又回到原来的姿势，啧啧嘴："酒厂的妹子嫩得很，你好好把一个。"

车子快到望花镇的时候，张云松接到唐洁发来的短信，交代他采访时要注意的事项，到最后请他帮一个小忙，去到酒厂宣传科那里找赵娟拿一个她上次采访时落下的小包。他回了一条："好的。师傅。"唐洁立马回了一条："别怕！都有第一次的，师傅相信你。"赵司机问他："什么事情笑得这么开心？肯定是女生！"张云松把手机放进口袋，往车窗外看："哪有。我同学的短信而已。"赵司机噢了一声，又说："这个女同学好看吗？"张云松笑笑，没有回答。车过望花桥，赵司机指了指桥下碧绿色的小河说："这是望花河，流到市里就跟汉江汇合了。"夕阳正落山，天光在望花河的上空呈现出从哈密瓜黄、柠檬黄到苍青色的沉淀光层。与日落相持的是月亮升起，那是他第一次看见如此皎洁的月亮，悬挂在小镇的屋顶之上，月光与霞光溶成了一个奇特的清明之境。河水里一群光着屁股的小孩在玩耍，尖脆的笑声传了过来。张云松只愿车子开得慢些再慢些，连赵司机在说什么都没有听见。小张。小张。他感觉有人在拍他的肩，回头一看是赵司机，这才回过神来。赵司机说："望花酒厂到了。"

张云松站在酒厂宽阔的水泥广场上，空气中是酸酸的酒糟味儿，月光笼罩着前方一排灰黑色屋顶的厂房和四个大型储酒罐。这该是上夜班了，穿着宝蓝色厂服的员工骑着自行车从他身边掠过，车棚那边停好车的员工三三两两地往厂房走去。他莫名地觉得紧张起来，采访提纲是唐洁帮他一一拟好的，但是他从来没有采访过人，不知道待会儿怎么开场。一个中年男人从办公楼那边大跨步地走过来，见到他，皱着眉头问："小唐怎么没有来？"张云松堆起笑容说：“她孩子生病了。”对方点点头，手一挥，转身往办公楼走，张云松跟了过去。这个人就是总经理说的那个负责酒厂宣传的王经理，他一边走一边问：“怎么这么晚才来？”张云松把堵车的事情说了。走到楼下，一个女孩骑着自行车从面前经过，王经理把她叫住：“赵娟，你要回家是吧？”赵娟停下来点头说是。“这位是唐洁的同事，你带他去我们厂里的食堂吃个饭吧。”赵娟说好，推着车子走过来对张云松说：“跟我走吧。”王经理又交代了几句就往厂房走去了。

车轮在水泥地面滚动时发出吱吱的声音，运煤的大卡车开过时，两人停在那里等。“怎么称呼你？”赵娟微笑地看着他，团团的脸上淡淡的眉毛，嘴角旋出一个小酒窝，等张云松自我介绍完后，又问他：“你是师大的吧？”张云松说是，赵娟点头笑着说：“我也是。不过早你两年毕业，算是你师姐了。”卡车开过去，煤渣漏了一地，两人绕开了走。张云松忽然想起唐洁交代的事情，就说了一下，赵娟听完笑出声来：“唐姐每次来都落东西，没有一次不落的！”不断有路过的员工跟她打招呼，有个女工说：“娟儿，你今天穿的裙子不错啊！”赵娟笑盈盈地答道：“网上买的，你想要的话明天给你下单。”那女工高兴地说好，就赶着往厂房跑。张云松这才看到她穿着一条印花雪纺圆领连衣裙，看了一眼又赶紧把眼睛挪开，但鼻子又能捕捉到她身上隐隐约约的香气。到了食堂，师傅们已经在洗刷柜台了，雪亮的灯光下，一排排长条饭桌上都是员工吃完搁在那儿的饭盒。赵娟高声喊：“王师傅，还有没有饭啊？我们来客人了。”柜台后面一个胖大的男厨师说：“哎哟，没有了。”赵娟笑着说：“炒碗蛋花饭也是可以的嘛。”王师傅嘿嘿了几声：“听你的，娟儿！”找了个靠门的位置坐下，赵娟很抱歉地对张云松说：“真不好意思，让你吃得这么简陋。”张云松笑着摇头：“我很喜欢吃蛋花饭的。”

吃饭的时候，赵娟接到王经理打来的电话，大意是要她带张云松去厂里的招待所住，采访明天上午进行。张云松说：“真不好意思，耽误你回家了。”赵娟笑盈盈地回他：“招待所就在我家隔壁，反正也是顺路。”出了酒厂大门，拐到望花街上，放眼望去，镇上的建筑多是这种二层小楼，贴着白瓷砖，明晃晃的灯光从各个店铺里涌到街上，罩着两个人。赵娟问他学校的事情，那个有着古怪脾气的英语老师是不是还在教书，老图书馆那个丑得要命的雕塑有没有被搬走，说着说着两人都活络起来，一说居然还有不少共同认识的人。走到望花桥，张云松说要不要歇息一下，赵娟说好。月光下的望花河，深碧色的河波上泛着银光。黄昏时那帮玩耍的小孩子都各自回家了。走到这里，也能闻到酒厂的酒糟味儿。靠在桥栏上，赵娟手抚摸着柱头说："我就是这儿的人，上完大学后出去找了一圈工作没找着，我爸妈就让我回来，他们都是酒厂的老员工了。小时候我在酒厂长大，现在又在酒厂工作。"张云松点头说："能在自己家乡工作多好。"赵娟侧转着脸看他一眼。"也好也不好。"说着又推着车往前走，"我一直很想去外面看看，小学中学在望花读，连读大学离望花也才一百公里路，感觉一生都耗在这儿了。"张云松抬头看那月亮隐没在一朵纤薄的云层后头，天地间顿时微微一暗，过一会儿，月亮穿过云层重新光亮起来。"怎么会一生呢？我们都很年轻啊。"张云松说的时候，赵娟笑了笑，没有言语。

四

约好八点半在招待所的大厅会面的，张云松下来，赵娟已经等在那里了。先去食堂吃过早餐，赵娟带他来了办公楼二层宣传科的办公室，一进门，王经理正坐在沙发上，一边喝茶，一边翻看酒厂内刊。“小唐写得很好嘛。”他说。张云松向他问好，他点点头，手指着报纸上一篇报道说：“赵娟，把小唐写的这篇打印下来放大，放在我们的宣传栏上去。”赵娟接过内刊，出门复印去了。张云松站着也不是，坐着也不是，王经理抠了半天头皮，一抬头回过神来，说：“你是要采访，是吧？”见张云松说是的，他手往沙发空的那头让了让：“行吧。你想问什么？”张云松坐了下来，拿出笔和本子，心跳得厉害。不要紧，按照采访提纲来问就好了。他一边这么想着一边翻开本子找采访提纲，翻了又翻，没有看到。他又看了看包里，也没找到。他想起昨晚睡觉前拿采访提纲看来着，看完就搁在床头了。但现在回去拿肯定是不合适的，只好现想现问，可第一个要问的问题都想不起来了。王经理盯着他，皱着眉头问：“你是不是还没准备好？”张云松忙说：“好了好了。不好意思。”不管了不管了。他侧身向着王经理，强作镇定地问：“酒厂最近效益怎么样？”王经理吃惊地瞪起了眼睛：“你问这个干什么？”张云松脸涨红了，汗从额头上淌到眼睛里，十分刺痛。

接下来的十分钟，张云松感觉自己简直愚蠢至极。他心里想着一定一定要镇定，不能慌乱，可脑子里完全是一片糨糊。他都不知道自己问了些什么问题，王经理频频露出惊讶的表情：“这个不能说的！你写报道的时候不能这么写的。”张云松连说好，王经理又拿手指敲敲他的笔记本：“你怎么一个字都没写？小唐的笔记本可是写满了的。”张云松真想立马起身跑出去，随便找个墙撞上去都比这好些。赵娟拿着复印件进来，把报纸还给王经理的时候，扫了一眼张云松，便说：“王伯，张科长那边找你有事。”王经理端着茶杯站起来，也没看张云松一眼：“那好，我就去。你带小张去车间转转吧。”说完就出门了。杯子搁在玻璃桌上发出清脆的碰撞声，张云松吓了一跳，一杯热茶就在他的眼前，散发着朗朗的热气。“王经理就是这个臭脾气，你不要放心上。”赵娟站在他面前，他仰头看去，是她柔和的脸。张云松忽然鼻头一阵发酸，连忙低下头，笔帽在本子上划拉：“我真是太蠢了。”赵娟又把茶杯往他那边推了推：“谁没个第一次？唐姐第一次来都被王经理气哭了，后来还不是好好的。”张云松有些惊讶地问：“唐姐也有这样的事情？”赵娟笑着说：“她啊，故事太多！”

喝完茶，心情也放轻松了。赵娟带他去专门清洗和检查酒瓶的七车间，一进门只见一条流水线满满当当地坐着两排员工，其中多是中年妇女。她们的工作是拿起每一个转到自己面前的酒瓶，拿布擦拭，然后举起，对着亮光查看是否有瑕疵，放下一个再拿起一个，重复再重复，动作熟练而机械。张云松随便问了一个看起来五十岁上下的妇女："你干这个工作有多少年了?"她手不停地干活："我啊，快二十五年了吧!"张云松吃了一惊："二十五年来一直做这个吗?"她点头。"那车间里来的时间最短的有多长时间?"她想了想："最短的也该有十年了吧!"擦拭、查看、擦拭、查看、擦拭、查看，这么多年来，一直坐在同一个车间，重复着同一个动作。张云松想到只要这个酒厂不倒，她们就还会继续重复这个仿佛亘古不变的动作，觉得真是不可思议。

往六车间走的路上，他跟赵娟说了自己的这个想法："我没法想象自己会像这样重复一个动作这么多年，几乎说是一生的时间都耗在这儿。"赵娟侧头凝神地听着。"最开始我也没法想象。我爸爸妈妈就在这里干了一辈子，我爸爸负责烧锅炉，我妈妈负责包装盒，二十多年来一直都干着同样的活儿。可是你看通过这些年复一年的重复劳动，他们得到厂里分的房子，我爸爸和我妈妈认识结婚，生活上也有工资保障和福利。他们自己并不觉得这样继续生活下去有什么不好。”张云松点点头：“也是。我有什么资格说这样的生活不好呢？我自己都不知道自己的生活会怎样。”赵娟笑了笑，说：“有个广告语怎么说来着：你的未来，无限可能。”两人都笑了起来，接着又去逛了一下剩下的几个厂房，见识了白酒是怎么从最初的谷物变成最后散发着浓郁香味的液体。那些工人都在自己的位置上，忙碌地干活。一圈下来，那些劳动的场景中，尤其是酒糟车间那些光着膀子铲酒糟的工人，有些已经是老人了，张云松看了，心中禁不住涌起一阵莫名的感动。

下午下班后任赵娟怎么推辞，张云松都一定要请她去外面好好吃一顿。去的是望花河畔的望花酒楼，门口是仿古的飞檐，饭厅里悬挂着一溜红灯笼，照得人脸都是红的。他们刚坐下来，酒楼老板娘走过来看了看两位：“娟儿，你男朋友啊？”赵娟忙起身捶过去：“琴姐，你不要乱说。他是我们的客户。”琴姐笑吟吟地躲开，把菜单放在桌上：“好好吃，今天给你们打八折。”说着向张云松迅速打量了一番，应酬地笑了一下，往柜台那边走去了。两人对坐，一时间没有说话。张云松偷眼去看赵娟，她脸上的红晕久久不散，自己也觉得不好意思起来。在这样一个人人都认识她的地方请她吃饭，真是愚蠢。但既然到这儿了，也没有道理起身走人的。他拿起菜单，问赵娟想吃什么，赵娟轻声地说随便，又不言语了。张云松硬着头皮点了五个菜，还要点下去，赵娟又轻声地说够了。一桌子菜，谁也没有多吃。琴姐又走过来，笑说："是不是菜不好吃？我去跟厨房师傅说一下。"赵娟说："没有啊。琴姐，你去忙吧。"琴姐点点头说："你们不要拘束。"说着去了里头的包间，赵娟这才松了口气。张云松说："真是不好意思。"赵娟夹了一片鱼到碗里："哪有！琴姐原来是和我妈一个车间的，后来出来开了这个饭店。她从小看着我长大的。"说着瞅了一眼包间，又小声地说："她一直想把她那个侄子介绍给我，我没答应。"张云松问："她侄子干什么的？"赵娟放下筷子，往河边看去："在我们酒厂当会计。我要是嫁给这个人，就真的永远也离不开这里了。"

采访的任务完成，赵司机把车子开到办公楼下面，张云松上楼去向宣传科的王经理和赵娟告别，两人都不在，办公室门是锁着的，他只好又下来。下楼站在水泥地上，再看一眼酒厂的那些厂房和储酒罐，它们都在炽热的阳光里发出亮眼的光芒。赵司机按了一下喇叭说：“小张，走了。”他说好，转身进了副驾驶坐下。车子开到大门口，迎面碰上了骑着自行车的赵娟。她把车子停好，快步走过来：“还好赶上你们了。”说着她从自己的背包里掏出一个粉红色的小包递过来：“这是唐姐的。”张云松接了过来。赵司机头凑了过来，打了个招呼，赵娟笑着寒暄了几句。车子又继续开动了，后视镜里，赵娟站在那里挥手，他也想挥手，又怕赵司机笑话。他手捏着那个粉红色小包，车子飞快地穿过望花街和望花桥，来不及看就已经上了省道。赵司机又抽上了烟，烟雾中他问道：“觉得娟儿怎么样？”张云松没去看他，随口说：“挺好的啊。”赵司机嗤嗤地笑了起来。

五

张云松回来后的那两天都是失眠的，导师打电话过来催他把论文初稿交了，公司这边关于酒厂的报道又完全不知从哪里着手。晚上他赶回学校，宿舍里没有人，打电话问吴鹏飞，他们都去了龙腾网吧包夜赶论文。复制。粘贴。为了不至于露馅，还要把抄写的地方进行细致的修改。编造引用书目。找学英语的朋友翻译论文摘要。在网吧折腾了一宿，四个人的论文初稿都赶了出来。阳光照进了包厢，张云松眼睛几乎都睁不开了。李玉生靠在椅子上呼呼大睡，张正华还在做最后的修改，吴鹏飞起身打了个大大的哈欠后说："走，去南门吃螺蛳粉！"没有人回应。张云松只想回寝室躺下好好睡一觉，骨头一动都疼，脑子里全是论文的片段。吴鹏飞看了一眼手机上的时间，对张云松说："你今天请假了？"张云松摇摇头说没有，自己翻手机看了看：八点半！正好是公司上班的时间！他一下子清醒了过来，赶紧打开包厢门，吴鹏飞在后面喊："你背包不带啊？"他又转身回来拿背包，然后往车站一路飞奔。

到了九点半，公交车还堵在路上，张云松反而不再着急了。之前的担心恐惧，还有想好的各种迟到的理由，随着时间的流逝都变得毫无意义。车子卡在凝固的车流之中，半个小时才移动一百米，他已经不存有任何希望了。再说，如果现在柳经理要他写好的酒厂报道，他对于一个字都没有写的状况又能说些什么呢。愚蠢至极。无可救药。他一直在重复这两个词。他的面前立着一个比柳经理看起来还严厉的自己，一遍又一遍地在唾骂此刻坐在这里的张云松。也许他应该考虑再去投投简历，听吴鹏飞说下个星期帅大还有一场校园招聘会。短信的铃声响起，他打开一看，是唐洁发来的："你怎么还没来？"他回复道："堵车了。"唐洁又回他："没事。我对柳经理说让你帮我去康欣月饼那里拿资料，所以会晚点儿到。康欣那边的王姐我也说好了，你待会儿顺道去拿一下资料就行了。"张云松兴奋得想叫出来，他把这条短信看了又看。"柳经理这边注意统一口径，你的清楚？"唐洁再次补了一条，他立马回道："是的，师傅。"

公司门口的保安还是上次吃饭时见到的那个，张云松冲他笑了一下，保安立马紧张起来："你哪个公司的？"张云松没想到他会这样，吃惊不小，说了自己公司的名字。保安上下打量他一番："你有什么证明？"公司也没有什么工作卡之类的，张云松没法证明自己，他只能重复地说："我真的是那家公司的员工。真的是。"保安沉着脸说："没有证明不能进去。"张云松火了："平时我也没见你查别人的证件啊？他们还不是进进出出的。”保安瞪大了眼睛说：“他们我都认识，你是哪个，我没有印象。”张云松说：“我是新来的。”保安哼了一声：“那你就拿出证件来。”说着站在遮阳伞下盯牢了他。张云松没办法，给唐洁打了电话。过了五分钟，唐洁走了过来，证明了张云松的身份，保安这才放行。等电梯的时候，唐洁问：“平日不查的，怎么突然查起你来了？”张云松说：“我就向他笑了一下。”唐洁好奇地问：“为什么要对他笑呢？”张云松再次看了一眼远处的保安：“我觉得他一天到黑站在那里挺辛苦的，没有人对他笑过吧。”唐洁抿着嘴笑，等进了电梯又问他：“那你下次还对他笑吗？”张云松想了想，摇摇头说：“恐怕再也笑不出来了。”唐洁凝神看着他，轻轻地叹了一口气。

一进办公室就感觉快要忙死了。唐洁飞奔到设计室去和设计师忙着内刊排版，蒋芸这儿的电话一个接一个，柳经理和张总端着笔记本电脑去小会议室开会，其他同事也是噼噼啪啪打着键盘赶方案，张云松就像是身处台风眼，陷入一种深沉的瞌睡里。他连拿鼠标的力气都没有了，眼睛不由自主地合上，脑袋有千斤重，一直想往桌上磕去。一开始他的耳朵里是蒋芸跟客户轻柔的讲话声，复印机运转的嘎嘎声，哗哗如落雨一般的键盘声，后来这些声音都失去了锐度，温润了，稀薄了，最后变成了弥散的薄雾裹着自己。这层雾气刹那间被一种强有力的声音给撕裂了，有一个低沉有力的男人声音侵入了他的耳朵。小张。小张。小张。他极力地撑开眼睛，循着声音抬头看，一个激灵吓醒了——是柳经理在叫他。他挪不动自己的身子，这具肉体死沉死沉地赖在椅子上，他拽着自己硬生生地站起来。柳经理脸上没有任何表情，他不急不慢地问："你前几天的采访写好了吗？"张云松想说没有，嘴里却脱口而出："写好了，不过我还要修改一下。"柳经理点点头："四点之前发给我，到时候我们再讨论一下。"说完又去了会议室。张云松一屁股坐到椅子上，椅子下面的弹簧发出吱呀一声响。他抬头看办公室墙上的挂钟，两点一刻。妈的。愚蠢。愚蠢到家了。只有一两个小时，怎么赶得出来？张云松想狠狠地扇自己几个耳刮子。

两点半。三点。三点零五分。三点零六分。时间的刀一层层削。笔记本上没有任何东西，他努力回想当时的采访，只有王经理的不满和喧闹的车间。他在 QQ 上问赵娟在不在，赵娟说在。他跟赵娟说起采访稿的事情，又提到因为赶论文都来不及写。赵娟说:“之前市领导来视察,王经理让我写了个汇报给董事长,发给你看看,也许能用上。”张云松收到文件,千谢万谢。赵娟问他:“你准备怎么谢?”张云松说:“你来市里,一定请你吃饭。”赵娟笑说:“我要吃满汉全席,你请得起吗?”张云松说请不起,赵娟让他别聊了,赶紧把稿子赶完。汇报写得十分详细,基本上不用怎么大改,就能变成一篇报道出来。此时他已经毫无睡意了,他最后再校对了一遍,没有一个错别字。赵娟真是个仔细的人。柳经理开完会,张云松把打印好的稿子递给了他。柳经理一瞅,说:“怎么跟酒厂那边的格式是一样的?”张云松当即一身冷汗,柳经理又接着说:“你先去工作。我再看看。我们公司一般的格式,你看看公司其他的案例,四号字,行间距一点五。”张云松说记住了,不敢再看柳经理一眼。

五点钟,柳经理叫张云松、唐洁一起去了小会议室。唐洁说:“我这边版式还没有排好呢。”柳经理让张云松再打了一份稿子给她:“这篇稿子总经理要过目的。”张云松心里一沉,偷眼去看柳经理。柳经理脸上还是那样,没有表情,而他手中握着的稿子用红笔密密麻麻改了很多处。

写得太平。没有抓住重点。像一篇汇报资料，而不像一个有鲜明主题的报道。题目也不吸引人。张云松默默不语，他瞥见唐洁也在翻看那篇稿子。柳经理说完问唐洁："你觉得如何？"唐洁歪着头想了一下说："小张第一次能写到这个程度，已经算不错了。"她又把稿子翻到第二页。"这段写车间流水线员工几十年来一直坚持在工作，就很好啊。我觉得不用删。"柳经理摇摇手说："不能这么写，你这样写感觉员工都没有上升空间。"唐洁笑了起来："又不是每个人都有上升空间。"柳经理讶异地看了唐洁一眼："我们就事论事。"唐洁顿了顿，说："我也是就事论事。"一时间大家都沉默不语。唐洁把头发撩了又撩，柳经理埋头看稿，张云松感觉自己剩在那里，一动也不敢动。

有人在敲玻璃门，张云松把门打开，是张总，他探头看了看说："哦，你们还在开会。"柳经理站起来，笑着说："我们就要结束了。"张总说好，看了一眼唐洁，问："你们在讨论什么？"柳经理把稿子递给他看，张总翻了一下说："柳经理你真是编辑圣手，改过后感觉好多了。"柳经理笑着说："哪里哪里，就是随便改了一下而已。"张总又瞅了一眼唐洁："小唐，你觉得怎样？"唐洁冷冷地回道："我觉得小张写得还不错。”张总嗯了一声，对柳经理说：“这事情就让小唐去弄吧。总经理找我们过去讨论一下康欣月饼方案的事情。”柳经理离开的时候把稿子递给了张云松：“你再斟酌地修改一下。”就随着张总急匆匆地走了。唐洁坐那里，眼睛直愣愣地看着窗外。张云松清了清嗓子，说：“真不好意思。”唐洁回头看他，笑了一下：“不关你事的。”他把稿子扬了扬：“柳经理真是好认真，的地得都改了过来。”唐洁哼了一声，站起身来：“他家连床单都是丈量好的，不能多一厘米，也不能少一厘米。”张云松啧啧嘴：“柳夫人还不要烦死了？”唐洁瞥了他一眼，忽然严肃起来：“你这稿子是写得太平了，柳经理改的地方你要好好学习才是。”张云松点头说好。

六

公司给张云松开的试用期工资是一个月八百，转正后是一千，把消息告诉家里，他爸爸说：“我打打小工挣的钱都比你多啊。”他很想说找工作找到最后如果有洗碗工要他他都去干，但他只说：“我钱有点儿不够了。”付房租，请室友和赵娟吃饭，一下子把钱包给搞空了。向爸爸要钱，巨大的羞耻感啃噬他的心。他本来准备向朋友们借的，但他们都自顾不暇。这次吴鹏飞他们三个准备一起杀到省城参加招聘会，他赶到火车站把一沓没有用完的个人简历塞给他们，让他们帮忙投投看。李玉生问他："操，你都有工作的人了，还要怎样？"张云松给每人买了一瓶可乐和一盒烟："我这份工作不知道还能不能过试用期呢。"看他们几个进了检票口，他顿时怅然若失。说不清楚为什么会有这种感觉，每天他坐在办公室，总觉得跟个游魂似的，不能静下心做事情。柳经理一看他，他就很紧张，生怕自己哪个地方做错了。虽然柳经理从来没有批评过他，甚至连一句重话都没有说过，把写的稿子送交过去，他都会客气地说："给你师傅看看。"只要是唐洁改过的稿子，他都不再会去修改。

望花酒厂新近要上市几款低度白酒，公司最重要的业务都围绕这块来做。张云松接手内刊两个版面的工作，他也逐渐弄清楚了清香型、浓香型、酱香型这些专业的白酒名词，事情逐渐也多了起来。轮到他主持晨会的时候，他也能落落大方地把整个流程给走完。唐洁把新的内刊弄好后，又去忙望花酒厂低度酒宣传方案，为此她又去了望花镇一趟。那边唐洁刚走，这边柳经理就把他叫过去，说总经理找他谈话。出什么事情了？他脑子里乱成一团。柳经理带他往总经理办公室走，全程无话，也没有给他任何暗示，把他送入办公室后就随手关上门走了。

总经理请他坐下，她齐耳的短发，圆胖的脸，还有微微浮起的笑容，让他放松了不少。她问："你最近工作上感觉怎么样？"张云松不知道她问的目的，刚放松下来的心又紧张起来。"柳经理和唐姐都帮我很多，我感觉很喜欢这份工作。"他说的时候，总经理一边听一边点头，等他说完又问他住得远不远，吃得好不好，有没有什么困难，这些说完后，她又拿起桌上的稿子："我看了你写的关于望花的报道，写得不错。"张云松听了心里欢腾起来，也许总经理是为了转正的事情来找他的。此时总经理说："赵娟你认识吗？"张云松诧异地抬头看她："认识啊。这次采访她帮了我很大忙。"她原来靠在皮椅上的身体缓缓地靠在办公桌桌沿："有人跟我说，你在望花的时候，跟她走得比较近。"张云松愣了一下，像是忽然被人扇了一耳光，脸红了起来："谁说的？"总经理盯着他看："这个不重要。你们年轻人怎么交往都可以，只要在工作之外的时间。但你也要知道，你去望花代表的是我们公司的形象，这方面还是要注意一下。”张云松很想站起来争辩几句，可又不知从哪里说起。“好的。谢谢总经理。”

出了总经理的办公室，他站在走廊上，远远的那头，清洁阿姨正拿着拖把一寸一寸地拖着地，上午的阳光照在拖过的地方，金光闪闪，光点越来越大，越来越模糊，他这才发现自己的眼泪涨满了眼眶。他快步地往卫生间跑，找了一间空着的隔间进去，把门锁上，眼泪一下子淌了下来。外面不断有同事进来方便，小便声、冲水声、走进来走出去的脚步声。他没有发出声音，他就坐在马桶上，眼泪流了一阵后不流了，也不去抹，让它自己干去。愚蠢至极。一无是处。他脑子里又一次回旋着这两个词。同时，他觉得全公司的人都知道这件事情了，虽然理智上分析这是不可能的，可是他心里就是这么想的。羞耻感。强烈的羞耻感。比光着身子走在办公室还要羞耻。他不能想总经理看他的眼神。可是为什么要羞耻？他又问自己——他什么也没有做！哪里影响公司形象了？他不明白。是谁给总经理打的电话？又一个问题冒了出来。这个人究竟说了什么？他很想立马把这个人找出来，跟他或她对质。赵司机？王经理？还是那个琴姐？每一个人都像。可是他哪里得罪了他们？他想不通。会不会是赵娟自己说的？不可能。他立即否定了这个想法。他很想立马打电话给赵娟，可是手机放在自己的办公桌上，他不想出去拿。

不知道过去了多长时间，不能再待下去了。心情平复了一些，出卫生间，在盥洗台那里用水狠狠洗了一把脸，再看镜子，眼睛还是红肿的。身后有人过来了，是他办公室的同事，他低下头又去冲脸。同事说："你在这儿啊。柳经理在找你呢。"张云松谢过后，低头快步往办公室走去。他已经做了最坏的打算了，顶多被辞退了，那又怎样。他可以明天就去省城找吴鹏飞他们，继续投简历。又有同事迎面走来，向他点头微笑，他很想快步逃走，但他还是强迫自己抬头回之以微笑，不管有多生硬。"张云松，这次你没有做错什么。"他一次又一次地在心里默念这句话。刚进办公室，柳经理就招手说："小张，你过来一下。"再也不需要心存幻想了，柳经理宣布决定后，他就可以离开这里了，连同今天这段回忆都可以放下。只可惜唐洁不在，不能跟她告别。"望花内刊第三版的新闻稿，你再校对一下。"柳经理等他走过来，跟他说。张云松有点儿糊涂了，愣愣地站在那里，没有一句回应。柳经理奇怪地看了他一眼：“你还有事吗？”张云松回过神来，连忙说没事没事，就转身去了自己的办公桌。刚才他还是心如止水，现在连拿鼠标的手都在发抖，一时间真不知道是哭好还是笑好。

七

下班时出了办公楼，一股湿润的潮气扑面而来。蒙蒙细雨濡湿了水泥地面，天光渐暗，马路上的路灯亮起，骑着电动车的人们披着各色雨披匆匆赶路。保安站在遮阳伞下，黑色保安裤已经被雨水给溅湿了。张云松走过去的时候，再次看看他，想着要不要向他打个招呼。保安没有看他，他像是在想着什么心事，眼睛望向虚空的一点。每个人都有心事。张云松一边想一边往滨江广场走去。雨水虽然不大，但很细密，走了不一会儿头发就感觉湿重了不少。街道两侧的悬铃木各自往路中央伸出枝干，人就像是走在绿意盎然的拱廊之中。他喜欢这条街，脚步刻意放慢，而白天的事情又一次涌上来，那种羞耻感再一次像是鞭子一样抽打自己。他强迫自己不去想，但那种散步的好心情也随之没有了。有人叫他。

他转身去左右看了看，并没有熟人，也许是听错了。真的有人叫他。这个声音从他身体的一侧传过来，他循声而去，看到唐洁正坐在饭店里隔着玻璃看他。

饭店里没有几个人，灯火依旧通明，闲下来的桌椅泛出白光。张云松走到靠玻璃窗的位置，唐洁正在笔记本上写着什么，她的右手边还搁着一沓资料。“你还没吃晚饭吧？”唐洁抬头笑着问，见张云松摇摇头，便说：“我正好在等菜，你就一起吃吧。”张云松说好，唐洁又一次埋头在笔记本上写，时不时翻翻手边的资料。她低头的时候，头发也垂落下来，蓬松弯曲，写着写着，她会习惯性地用左手撩到耳边。她耳朵上戴着一枚小小的水滴式的耳坠，在灯光下一闪一闪。字写得很潦草，在格子之间长手长脚的，也认不出写着什么。服务员端来了一盘手撕包菜，她这才停下来，把本子和资料摞到一角。张云松问她写什么，她抬头笑笑说：“望花低度酒宣传策划案，明天就要开会讨论了。”她的脸看起很浮肿，尤其是在光照下，眼泡子鼓胀发黑，眼睛里都是血丝。“你怎么看起来特别累？”张云松给她倒了杯热水，她把水杯握在手中，说：“在望花镇就没有睡好，调查了很多情况，还不知道怎么整理。对了，赵娟让我代她向你问好。”张云松心头猛地一痛，忽然说：“我想我是过不了试用期了。”

说话的时候，他透过玻璃看着外面雨越下越大，雨脚在台阶上践踏出一簇簇水花。他知道唐洁一直在看着他，声音却越说越小，像是说着别人的故事，那种生疼的耻辱感自己都觉得过于戏剧化。唐洁有一口没一口地吃饭，听他说完，碗中的饭还剩了大半，沉默了片刻，她把筷子啪地拍在桌子上，服务员紧张地看过来。“公司就爱搞这种破事儿。”她的脸都气红了，这完全在张云松的意料之外，他忙摇手说：“没什么，已经过去了。我下次注意就是了。”唐洁像是在质问他：“什么叫没什么？你下次怎么注意？”见他低头不语，语气又缓和了下来：“这个事情你一点儿错都没有，你不能老责怪自己。”张云松听到此话，忽然间眼泪夺眶而出，他赶紧去擦拭。太丢脸了。眼泪越擦越多。唐洁递纸巾给他，他十分不好意思地接过来。“你不要老觉得自己不好，谁刚出来工作就能做到尽善尽美？但你也要尽快适应，”唐洁严肃地说道，“你也来了快一个月了吧，有没有想过未来的发展？你不能只满足于写几篇新闻稿来混日子，必须有一技之长才能立足。现在你还不觉得，等你到了我这个年纪……”她顿了顿，又说：“有了家庭，有了孩子，还要照顾老人，哪哪都要钱。你没有本事，钱不会自动掉进你钱包的。”

“谈钱是不是很俗？”唐洁问道，没等张云松回答，又接着说，“我刚大学毕业的时候，就没有想过要多多挣钱，觉得自由是最重要的。我爱怎么样就怎么样，谁也不能管我。但现在完全变了，一门心思地想钱。钱从哪儿来？只有升职加薪。”她拍了拍手边的资料。“总经理让我去做这个方案，我必须要做好。这些天家里一摊子事情，公司这边也是，有时候我也很想大哭一场，可是有什么用？”见张云松露出羞惭的神情，她赶紧说，“没有说你的意思，你别误会。我希望你不要老在等，要自己主动找事情做，你注意到公司是怎么运转的吗？同事们写的策划方案你有没有仔细研究过？过去那些案例你有没有认真看过呢？”张云松连连摇头，他从来没有注意过这些事情，唐洁点点头说：“所以，要学的东西太多了。你不能天天想着我老犯错怎么办，过不了试用期怎么办，你应该想着每天我能学到什么，这样哪怕你离开这个公司，到别的地方去也会学以致用的。”

结完账，出了饭店大门，外面的雨小了好多，夜晚的空气清凉湿润。张云松打算继续往滨江广场那边走，听唐洁说还要去公司加班，便说：“我去帮你吧，反正我回家也没事。”唐洁摇头让他回去，张云松不听。“你不是说要我多学习吗？我可以从你那里学习怎么写策划案啊。”唐洁低头一笑，没有再说什么，转身往公司的方向走，张云松跟在她身后。路上，唐洁接到家里打来的电话，她的声音变得温柔多了。“小朵，妈妈今天要加班，你要听爸爸的话，知道吗？”过马路的时候，张云松小心翼翼地站在车子来的那边，护送她过去。她又跟她妈妈通了电话：“爸今天吃药没有？对，刘医师跟我说过了，下个星期再做一次化疗。”张云松想起赵司机说过她爸爸肺癌晚期的事情。进公司楼大门时，保安已经换了一个，他又冲着保安笑了笑，那保安也笑了笑。

办公室加班的人不少，蒋芸、张总都在自己的位置上忙活。蒋芸一见到他们两个，惊叫道：“唐洁，你不是去望花了吗？”张总也抬头看过来。唐洁一边回着话，一边把资料和笔记本放在办公桌上，张云松也开了自己的电脑。张总笑问：“吃饭了吗？”唐洁站起来笑着说：“吃过了，碰到了小张，一起吃的。”张总点点头，又说：“你爸爸身体怎么样了？”唐洁坐了下来，把电脑打开。“还算稳定。还得谢谢张总，你推荐的那个张大夫真不错。”说着大家又开始了工作，张云松负责帮唐洁找资料，整理好相关数据，做柱状分析图。到了晚上九点钟，蒋芸把手头的方案弄完，收拾一下就走了。办公室只剩下他们三个人。唐洁写着写着就会问张总一些问题，比如酒厂的市场运营情况，各个部门之间的协调情况，还有竞争对手同档位酒的宣传策略，张总会停下手头的工作，细致地回答她。

张云松记得第一次看到张总，就没觉得他像个领导，他应该有五十多岁了，脸上有了细微的皱纹，可是说起话来，眼睛都是有神采的，脸上的表情也非常生动，像是一个老小孩。他穿衣服也是，有时是奶黄色夹克，有时是带着卡通图案的短袖，不像柳经理那样不论多热的天，都正儿八经地穿着西服。唐洁有时开玩笑说：“张总，你这是老来俏！”张总哈哈一笑：“我哪里老？”——但也就唐洁敢开这个玩笑吧。张云松不记得还有谁敢这样说。上完厕所，走到办公室门口，远远地就看见张总站在唐洁的办公桌前，手指着电脑屏幕，在分析什么，唐洁坐在那里频频点头。

他悄悄地转身回避，走到门廊那边，因为楼层高，透过玻璃窗，感觉整个城市尽收眼底。灯光勾勒出一条条道路出来，灯火通明的玻璃大厦静默地竖立在夜雨中。没有了白日的喧嚣声，人像是沉在海底深处，完全感受不到天空的存在。他再次转身去办公室，张总已经坐在了自己的位置上，唐洁还在聚精会神地打字，他松了一口气，唐洁见他便说："你把那个分析图发我一下。"张云松说好，抬眼间看见唐洁的电脑边上多了一盒新的龙井茶。

再次站在办公楼门口，雨势依旧不减。张总让他们稍等，自己开车过来。唐洁坐在副驾驶座，张云松坐在后面。张总说："要不要去吃夜宵？"唐洁说："不了。我还得赶回去，我家丫头不等我回来是不会睡觉的。"张总点点头，又问张云松："你家是在哪边？我先送你。"张云松说了具体位置，张总把车子开动了。没有冷场的时候，张总问张云松有没有女朋友，唐洁就说你要不要给他介绍一个，张总笑着说这个不难有的是。张云松只顾着笑，不知道怎么去回应他们。但他们也不介意，雨水顺着车窗滑下来，沿街的店铺都关门了。车到滨江广场那边，张云松让张总停下车。张总说："我送你到门口吧，这么大的雨。"张云松一想到城中村那边脏乱的样子，就摇头说：“那边车道太窄，不好回头。反正不远，我跑几步就回去了。”张总说好，刚要转身走，唐洁让他等等，从自己包里掏出一把遮阳伞递给他。“你打着！别推了！赶紧回去吧！”车子尾灯闪烁，转头向解放路拐去，过了不一会儿，就消失在雨雾之中。宽阔的滨江广场上，空无一人，广场周遭楼群的灯都熄灭了。除了雨滴敲在小小的遮阳伞上发出的噗噗声，这个世界已陷入无边无际的沉寂之中。

八

五点多钟就醒了，睡了一枕头水。窗外的天还是黑的，打开房灯一看，雨水正沿着墙壁淌下来，床上的被褥都给浸湿了，撂在床头的衣服也湿了大半。张云松赶紧起床，把床拉到房子中间，展眼看去，四面墙壁都在漏水，走到客厅也是，厨房和卫生间因为地势低，已经积水了。外面的雨还在下，根本没有要停的迹象。张云松把湿透的被褥、衣服和枕头卷成一堆，就着床板坐等到天明。水开始在墙角淤积，漾着积年的灰尘。闪电眨眼间亮起，随即雷声轰隆一声炸开。除开雨声和雷声，再也没有其他的声音了。他想起之前跟吴鹏飞他们去山中扎帐篷露营，前半夜天空澄碧，繁星密布，后半夜突降大雨，帐篷一直在漏，四个人一身湿淋淋地找了个山洞躲雨。那时候也不觉得烦恼，山洞里凉飕飕的，四个人就挤在一起说话唱歌。第二天一早雨停，出了山洞，四个人都被眼前的风景给震住了：从极远处到脚下的山腰，云海翻腾，葱翠的群山像是海中的仙岛，过了一会儿，雾气如雪白的海浪一般拍打过来，身处其中，连对面的人都看不清。此时他很想给他们打电话，想想他们还在睡梦中，还是不打扰的好。他也知道他们还没有返校，继续留在省城找工作，也不知道找得怎么样了。

好容易挨到天放亮，雨总算下停了，出门一看，整个城中村一片汪洋，密密匝匝的垃圾浮在水面上。张云松把鞋子脱掉，光着脚踩下去，水淹到了他的膝盖，奋力走到了滨江广场，展眼看去汉江水已经漫到了广场上了，汉江大桥两头像是插进了水中。看这样子，走到公司那边去是不可能的了，他给人事经理打电话说明情况并请了假，又往回返。卖早点的摊子没有出摊，虽然住处有厨房，锅碗瓢盆都没有置办，只好饿着肚子。把房间的水用盆子倒了出去，又在客厅拉上铁丝线，把湿的被子、衣服都给晾上，一上午也就忙了过去。到下午再看外面，水已经退了好多，滨江广场上东一堆西一堆积着淤泥。路面十分湿滑，只好坐公交。车上有人说全城都淹了，这场雨是六十年一遇，下水道根本处理不过来。另外还有人说今早有人掉进下水道，尸体一直冲进了汉江大桥下面。

终于到了公司，所有的人都在忙碌。人事经理看见他来，说："虽然你请假了，但即使是在今天这个情况下，公司所有的人都坚持来上班。所以我决定还是算你旷工半天。"张云松张了张嘴，觉得真是不可思议，倒不是旷工的事情，而是内涝这么严重，同事们都是怎么赶过来上班的。无法想象。进办公室，没有人留意他的进来，空气中弥漫着紧张的气氛。他跟唐洁打招呼，唐洁点头微笑一下，又去紧盯着电脑屏幕。他想起今天下午三点要讨论望花低度酒的宣传方案，难怪大家都这样神情紧绷。他又去偷眼看了一下张总，蒋芸正在那里跟他说事情，柳经理也走了过去，加入了讨论。唐洁也扭头看了过去，嘴唇紧抿，又回头看电脑，飞速地敲字。两点五十五分，柳经理对着办公室所有的人说："好，我们去大会议室开会。"大家纷纷起身拿笔记本，唐洁依旧坐在位置上，张云松小声地说：“唐姐……”唐洁点头说：“我就来，你把我这些资料帮忙先拿过去。”

会议由张总主持。柳经理坐在张总左侧，唐洁坐在右侧。投影幕布垂挂下来，上面显示着方案第一页。前台把打印好的宣传方案分发到每个人的手中，张云松翻了一下，就是昨天唐洁忙了一晚上的成果，翻到其中一页一眼就看到了一个错别字：望花的“花”打成了“华”。他额头顿时冒冷汗，这个错误实在是太明显了，唐洁还浑然不知。张总说了一下此次策划案的重要性，就让唐洁开讲。投影幕布上，一页一页讲了过去，前景概况、市场分析、宣传策略、广告投放、媒体选择，每一个内容张云松都是熟悉的，唐洁的声音开始还有点儿紧张，说起来磕磕巴巴，到后来越发流畅自信，连总经理进来坐下听，也没有受到丝毫影响。

张云松知道离有错别字的那一页越来越近，他的心跳越来越快，他希望大家都只听唐洁讲的内容，而不去管那个错别字。还是不可避免地翻到那页，唐洁依旧在讲，大家都看着幕布，那个“华”字像是一个巨大的苍蝇一样爬在那里。柳经理说话了："不好意思，那个望花的'花'错了。"大家哄笑起来，张总也笑了："我也常打错，改过来就行了。"唐洁看样子是蒙了，一时间没反应过来大家在笑什么，忽然间她的脸一下子涨红了。张总说："小唐，你接着讲。"话音刚落，总经理说话了："大家笑归笑，这个低级错误还是不要再犯了。要是客户收到这个方案，看到这样的错误，会怎么想？"现场一片静默，她接着说："小唐你做了这么多前期工作，如果因为一个错别字导致客户有意见，就太不划算了。这方面你要向柳经理学习，你看他每回提交的方案，不说内容，那页面也是干净漂亮的。"大家都低头看稿，唐洁手里紧攥着中性笔，抬头说话时声音发抖："谢谢总经理，我会好好学习的。"总经理扬起手："好，你接着讲。"

讨论环节，大家都说出自己的意见，唐洁一直低着头在听，没有说任何话。轮到柳经理这边发言，唐洁抬头凝神听着。柳经理说了几点不同的意见，尤其是媒体投放这一块，他不认同唐洁的设想，另外就低度酒宣传广告语这一块也给出了更多的参考。他说话慢条斯理，逻辑严密，听完他的话，再去看方案，的确存在不少漏洞。由此，也不得不佩服他的见地。柳经理说完，大家都去看唐洁。她一开始没有说话，撩了又撩头发，张总问她什么意见，她抬头看看张总，又看看柳经理，笑笑说：“没有意见。”说完又低下头。后面的讨论，唐洁一直都没有主动说话。张总几次问她，她都说没有意见。柳经理又提到调研这块存在的问题，唐洁猛地抬起头，直视他，硬硬地说：“我觉得调研方法没有问题。”柳经理噎住了，总经理说：“小唐，让柳经理讲完。”柳经理瞥了唐洁一眼，稍带迟疑地继续讲下去。唐洁突然站起来：“我在望花待了这么长时间，比你更了解那边的情况。你凭什么说我调研的结果是错误的？”张总忙说：“小唐！坐下来说。”坐在唐洁边上的蒋芸扯了扯她的手，她不管，她看起来情绪特别激动。“我给你看看我调研的资料，”她把手头那一摞资料往柳经理那边甩去，“我调研的时候，你还坐在办公室喝茶呢，你还说我的调研不对！”柳经理往后避让了一下，唐洁两手撑在会议桌上，头冲向前，脸上满是泪水：“你有什么资格说我！”大家都吃惊地看着这一幕，总经理说：“蒋芸，你快带唐洁去外面平息一下情绪。”

唐洁被蒋芸拉走后，会议室陷入一种难堪的沉默。张总低头看稿子，柳经理脸色看起来颇为尴尬。总经理清清嗓子说：“柳经理，你接着刚才的观点说。”柳经理讶异地看了一眼总经理：“要不等小唐过来再讨论。”总经理沉着脸道：“不用了。”柳经理说好，继续之前的讨论。张云松已经没有任何心思去听了，他留神走廊那边的动静：蒋芸细声细语的劝慰声，唐洁时断时续的抽噎声。会议结束后，大家纷纷起身往外走，柳经理还坐在那里，眼睛一直盯着桌面，看起来很沮丧，张总说：“小柳，走啊。”柳经理说好，慢腾腾地站起来收拾。张云松走到门外，听见总经理说“小唐，你到我办公室来一趟”，便等在一边，唐洁走了过来，神色已经恢复了平静，见他站在那里，笑了笑，又低头往总经理办公室走去。

九

零零星星的雨还在下，但水已经退得差不多了，泥泞的路面极为湿滑，无论公交车还是私人汽车，都小心翼翼地开着。租房估计还在漏，张云松决定回校住。学校在郊区，公交车开出城区，沿着汉江边走，原来清澈碧绿的浅浅江水，变成了一条浑浊昏黄的怒龙，沿岸的菜地都浸泡在水中，一群鸭子一边游弋一边啄食漂在水面的包菜叶子。学校地势高，一踩上干爽的水泥地面，张云松顿时感觉特别亲切。学校的一切都没有变化，教学楼、食堂、图书馆，都新簇簇地立在黄昏的雨雾之中。趴在体育场的栏杆上，看了一会儿足球场的小型对抗赛，这些比自己更年轻的学弟们踢得分外投入，全身都湿透了，他们也不管不顾的。食堂那边亮着灯，熟悉的饭菜味勾起了他的食欲，饭卡还在，去二食堂买了份咖喱鸡饭吃了个精光。吃饱后，沿着学院路一直往前慢走，天已经黑下来了，路灯啪啪地一起亮起来，音乐系那些漂亮的女生，手挽着手往东门的咖啡屋走去。时间太快太快，还有不到一个月的时间，就要离开这个学校了。虽然平时跟吴鹏飞他们痛骂这个学校种种不好，真要走了，心生惆怅。

住的那一层寝室，几乎都是空空荡荡的，走廊上垃圾堆满，墙壁上不知是谁用毛笔字歪歪斜斜地写着“我想死，可是死不想我”，字的旁边有人用绿色蜡笔回道“傻逼”。有的寝室门大敞，有人光着膀子坐在里面打游戏，另外一个寝室的人居然都在，围着电脑看毛片，声音很大，也不怕宿管阿姨听到。也许宿管阿姨也懒得管了吧。终于走到宿舍门口，牙黄色门板上贴着“静雅居”三个字，李玉生的字，端端正正的，这字还是大二的时候写的，居然能保留到现在，真是不可思议。门锁着，他们三人还没有回来。打开门一看，寝室里一股浓厚的酸臭味撞了出来。开灯一看，阳台上的玻璃窗没有关上，靠窗的卫生间，一边挡板倒了下来，暴风雨那天夜里风应该是长驱直入，地面上都是被吹落的书本和纸张，几个凳子还摆在一起，斗地主的扑克牌、烟头、啤酒瓶撒落一地。那股酸臭味是从水桶里散发出来的，三个懒蛋的衣服沤在里面，都发霉发黑了。张云松皱皱眉头，真是搬出来住的时候想他们，回来的时候又觉得还是一个人住好。

从七点钟收拾到十点钟，把卫生间挡板弄好，烟头啤酒瓶这些统统扔掉，擦了地板和窗户，又把那几桶衣服送到公共洗衣机那里洗好甩干，晾晒起来。再看一眼寝室，这才是大学四年平时该有的样子。自己的床上已经没有东西了，他躺在吴鹏飞的床上，被褥发出湿臭的气味，张正华和李玉生的估计也好不了多少。这三个懒蛋！他拨了吴鹏飞的电话。吴鹏飞告诉他，他们三个人已经分开了，他还留在省城，张正华去上海他姐姐那里了，李玉生去了广州。简历投了二十多家，没有回应，只能住在小旅馆里再等下一个星期的招聘会。又闲扯了一会儿，挂了电话，张云松抬头看着天花板，心情乱糟糟的。他起身把灯关掉，又一次躺下来，隔壁寝室打牌的笑闹声，走廊里走来走去的脚步声，都真真切切地响在耳边，而寝室是如此安静，所有的事物都默默地存在于此，时间和事件都沉淀在这个空间的角角落落。过不了多长时间，这里四个人的所有物品，书本、棉被、台灯、声音、心事，都会清零飘散，各奔东西，各谋前程。这些事情还是不要再想了，睡觉睡觉，张云松把被子罩在头上。

有时候有断断续续的梦，一只老虎在追他，他拼命地跑啊跑啊，跑到一个房子那里，他又拼命地爬楼梯，爬啊爬啊，终于看到一个门，刚一打开门，一只更为凶猛的狗熊扑了过来。他一下子惊醒了，有蚊子在嗡嗡叫，天也已经亮了。他看了看手机上的时间，六点半，要赶紧起来去上班了。走廊里安安静静的，所有的寝室里都悄无声息。走在校园的小路上，下了几天雨后，天分外地蓝，高耸的水杉林间飘着雪白的云朵，公交车上也是空无一人。这是个让人精神为之一振的早晨，想想自己是去上班，还有很多事情在等着他，心情也大好。到了办公室，同事们大多已经坐到座位上了，而唐洁的位置上却是空的。

开完晨会，柳经理把他叫过去，让他就望花酒厂内刊的下一期写一个策划案，他心想这不是唐洁负责的嘛。柳经理把事情交代完，张云松正准备转身离开，他又小声地问了一句：“你师傅怎么样了？”张云松惊讶地看了一眼柳经理，说：“我也不知道。”柳经理嗯了一声，两手扣在一起，低头默想了一会儿，再抬头时见张云松还在那里等着，有点儿尴尬地清清嗓子：“好，你去忙吧。”张总下午才来，一进门就说：“唐洁昨晚回家出了车祸，现在在医院。大家有空去看看她吧。”张云松脑子嗡的一声，站了起来，其他同事也一样，都在问张总详情。张总站在办公室中央，看着大家说：“今天早上我跟总经理到医院看望她，她昨晚骑电动车回家，路面太湿滑了，她没有把控住，撞到电线杆上去了。人还好，手撞骨折了，看来要休养一段时间。”柳经理问：“在哪家医院？哪个病房？我爱人是骨科大夫。”张总说了具体的地址。

一整天都没有心情工作，好容易挨到了下班时间，张云松匆匆跑下楼，打的去了医院。病房很大，二十多个病人躺在病床上，都是骨折，有的是腿，有的是手，有的整个头都给包了起来。唐洁的床位在最里面，那个一看就知道是她丈夫的男人正在一边跟她说话一边削苹果，她女儿小朵趴在床尾看书。张云松忽然想起来应该买点儿水果或补品才好，现在两手空空的真是不像话。唐洁已经看见他了，笑着招呼："嘿，这儿呢！你怎么跑来了？"她的脸颊、鼻子上都有明显的划伤，右手臂上了石膏，靠一条绷带挂着，张云松不敢再看第二眼，心里感觉特别难受。唐洁丈夫笑着跟他点头，又侧身对他女儿说："小朵，快叫叔叔！"小朵抬头脆生生地叫了一声叔叔，又去看书。唐洁说："不应该叫叔叔，应该叫哥哥。"她丈夫把削好的苹果递过去："叫哥哥，你同事就吃亏了！"唐洁用左手接住，看了一眼小朵，又转头对她丈夫说："你带小朵去我爸爸的病房吧。他一天不见小朵，就想得慌。"她丈夫说好，领着小朵，谢过张云松后，就出去了。

"你怎么就撞上了呀？"等他们一走，张云松就脱口而出地问了这句，一说完就感觉问得太莽撞了。唐洁一点儿也没恼，她小口小口吃着苹果。"怪我自己。当时心里想着事情，哪里在意过路面，等反应过来，已经撞上了。”苹果吃完，唐洁拿着苹果核瞄准垃圾篓，扔了过去。“不说这个了。你今天工作怎么样？”张云松说起来柳经理交代的事情和自己的疑惑，唐洁点点头说：“是我跟总经理说的。昨天其实我已经跟总经理提起辞职的事情了，没想到碰上这一出。”张云松听完很震惊，他心里冒出一句话：“你要走了，我怎么办？”这个问题太傻太傻，都不好意思说出口，他顿了顿，说：“你走我也走！”唐洁扑哧一声笑了起来：“别闹小孩子脾气！你都二十多岁的人了。”见张云松颓然地低头不语，唐洁叹了一口气，又说：“不过说实话，我要像你这么大，无家无室的，就到大城市上去闯一闯，机会多，平台大，怎么着也会有发展空间的。但你不能急，你先要攒够工作经验，知道吗？”张云松点点头。

正说着话，唐洁突然眼睛大睁，脸上浮出惊喜的表情：“赵娟！你怎么来了？”张云松转身看去，果然是赵娟，她正笑盈盈地站在床尾，手里拎着一大袋香蕉、苹果。“今天正巧过来办事，听张总说到你，就赶过来了。”赵娟跟张云松点头微笑后，把水果放在柜子上，就坐在唐洁身边，凑过去仔细看了看她脸上的伤势。唐洁说：“啊，不要看，我已经毁容了！”赵娟摇摇头说：“哪里毁了？伤口结痂脱落就好了！”赵娟今天穿了牛仔裤、白色长袖圆领衫，头发盘在后面，人看起来分外干净利索。两个女人真是有说不完的话，张云松插不进去话，也懒得插话，听她们说话心里也是高兴的。坐了两个小时，赵娟和张云松起身告别，唐洁看了看两人，说：“你们很般配呦！”张云松脸腾的一下红了，赵娟笑嗔道：“唐姐！”也没有往下说。唐洁左手挥了挥：“好啦好啦，你们都还没吃饭。赶紧去吧。”

沿着医院的走廊走，张云松脸上依旧在发烧，赵娟也没有说话。走到医院门口，赵娟问他：“你怎么走？”张云松说：“不知道。”赵娟看了看自己的脚，说：“要不一起吃个饭吧。”张云松说好。两人又沿着医院前面的大路走。她穿的是帆布鞋，牛仔裤与鞋面之间露出一小截脚腕，穿着白色的袜子。赵娟有一搭没一搭地问他话，他有一句没一句地回答。白天阳光烘烤了一天，现在整个城市沉浸在暖烘烘的臭气中。两人找了个餐馆，随便吃了些，再次出门时，赵娟说：“现在往哪儿走？”她眼睛看着他，他对视了一眼，又扭头看街道。“这里离滨江广场挺近的，要不去那里逛逛？”赵娟说好。夜晚的汉江水，暗暗的一片，两岸的路灯还没有亮起，那天跟吴鹏飞他们吃烧烤的沙滩已经在江水之下了。张云松想起那次在望花桥上看到的落日。带着水腥味的风吹过来，赵娟眯着眼睛，深呼吸了一口气。“上大学的时候，经常会来这儿看汉江。”张云松笑道：“那我天天能看到。我就住这儿附近。”赵娟扭头看他：“噢，带我去看看？”张云松连连摇手：“屋里漏水，现在恐怕下不去脚了。”赵娟笑笑说：“没关系的。就想看看你住的地方是怎样的。”张云松没奈何，带她往城中村走去。

房间依旧是湿臭的，墙壁上的雨痕干成一道道雨渍，赵娟摸了摸晾在铁丝线上的被褥，问：“怎么是湿的？”张云松指了指墙壁和积水的地面，赵娟点点头。屋里连个凳子都没有，只有床板上能坐，赵娟站在房子中央，环顾了一番，说：“你该找个好一点的房子，这个地方住不得。”张云松笑了笑，说：“当时找得匆忙，谁也没料到会这样。”赵娟又问：“那你晚上怎么睡觉？”张云松一边把窗子打开透气，一边说：“回学校。”这些话说完，两人沉默了一会儿。张云松的心莫名跳得很快，手和脚也不知道往哪里放，从来没有觉得房间这么小过，感觉一动就会碰到赵娟。赵娟盯着墙壁上的雨渍看，两只手扣在一起。张云松说：“房间太脏了，要不我们还是出去吧。”赵娟小声地说好。两人又一次走到滨江广场，周遭的楼群都亮起了灯，大妈们在跳广场舞，穿着滑轮鞋的孩子们嗖嗖地从身边掠过，天上飞着亮着彩灯的风筝。张云松问她什么时候走，赵娟说明天晚上七点的汽车。“那我去送你。”张云松眼睛没有去看赵娟，前方的红绿灯一变色，大批散步的人群拥到广场上来。赵娟想了想，说：“那行，那明天见。”

同事们陆陆续续都去看望了唐洁，听蒋芸说柳经理虽然没去，但让他夫人过去了。一天都是非常忙碌的，第一次接触写方案、排版、组稿，完全不知道如何入手，唐洁又托蒋芸把编辑的流程和样稿都发给了他。下班后来不及吃晚饭，赶到客运站，离发车时间还有半个小时。赵娟坐在候车厅，见他过来，笑着起身，递给他一盒炒饭：“知道你下班吃饭肯定来不及的。”张云松接了过来，问她吃了没有，赵娟说吃过了，他打开饭盒盖吃了起来。赵娟指了指放在她边上的两个包裹说：“这是两床蚕丝被，你拿去，你那被褥都泡坏了，扔了吧。”张云松脸上一阵燥得慌，他忙说：“哪能这样？不行不行的。”两人推让了好久，赵娟忽然说：“你不要也可以，我也带不回去。就放在这儿，谁要谁拿去吧。”张云松见再推让人家就要生气了，只好说：“那，算我欠你的。”赵娟笑着说：“随你便。”

两人又坐下了，赵娟问他工作的事情，听张云松提到望花内刊现在归他负责，点点头：“那你以后去望花的次数就要多咯。”广播里传来报站的声音，张云松看看时间，赵娟说：“还有十分钟呢，不急。”电子屏幕显示着去上海、北京、广州等地的时间表，忽然想起吴鹏飞他们不知道什么时候能回来，又想起唐洁说去大城市闯荡的话，心中一时纷纷乱乱的。赵娟问他：“你打算一直在这家公司做吗？”他摇摇头说：“我不知道，心里其实特别茫然，不知道未来会是怎样的。也许我会一直干下去，也许我会离开，去其他的城市。一切都说不清楚。”赵娟点点头，看看时间，两人起身往检票口走。“你会一直留在望花吗？”张云松问她，她凝神想了想，也摇摇头：“我也不知道。谁说得清楚呢。”到了检票口，赵娟站住了，把两只手扣在一起，看了一眼张云松。“那就这样。记得常去看看唐姐，”顿了顿又接着说，“也欢迎你常来望花。”张云松点头说好，抬头一看，赵娟已经进了检票口。去望花的车，马上就要出发了。

第二部

一

赵娟在往酒厂去的路上又一次碰到琴姐。当时她正骑车经过望花桥，远远地就听见有人喊她，她循声望去，琴姐就站在望花酒楼的门口向她招手。她骑过桥，往望花酒楼拐去，琴姐正笑盈盈地看着她。“娟儿，你晚上一定要过来吃个饭。你妈跟你说过了吧？”赵娟点点头，说：“我晚上要加班，估计没时间。”琴姐靠在大门的门框上，大红唐装上一团团金色的福字光彩熠熠，她依旧笑眯眯地说：“我跟你王伯说一下就是了，哪能让一个女孩子老加班的。”赵娟忙摇手：“还是不要说的好。我尽量来就是了。”琴姐满意地点点头：“我让王大厨给你做最好吃的剁椒鱼头。”赵娟做出一个笑的表情，一边匆匆骑上车一边说：“我得走了，上班要迟到了。”琴姐又在后面追了一句：“到时候来了，在临江仙那个包间，直接进！”赵娟没有回应她，她急急地踩着自行车车踏，往酒厂赶去。

望花镇说大不大，说小不小，从自己家到酒厂走过去半个小时，一个在镇的最东头，一个在镇的最西头。骑车过去，十分钟左右就到了。整个望花镇几乎一半以上的人都在望花酒厂工作，一路骑车过去，需要频频打招呼，这个骑电动车的是质检科的王科长，那个慢慢散步过去的是销售部的李经理，哪一个都是看着她长大的长辈。她需要笑着跟他们打招呼，笑容还未收走，又能碰到运输部的张司机，又得说声早。沿街的店铺很多也是从酒厂出来的人开的，五金店的老板原来是七厂的组长，隔壁的洗车店老板娘跟她曾经在一个办公室办公，从望花街拐到酒香街的那个华丰超市收银员是六厂的女工，哪一个人见着了不是一声早？她笑得嘴角都有些僵硬了，不过还好，望花酒厂的大门已经近在眼前了。

进二楼的办公室之前，赵娟先去门卫室那里拿今天寄过来的信件和报纸。门卫室的李伯早早地就把公司信件和私人信件分开，报纸自己看过一遍后也已经叠好，赵娟一进门，他就说：“今天日报上第九版，有咱们酒厂的新闻报道哇。”赵娟笑着说：“是吗？写的什么？”李伯探头往窗外门口看看，有车要进来，他按了电动门开关。“说咱们酒厂好呗！”赵娟把信件和报纸码好，抱起来往外走，进来的车子停下，车窗摇下来，露出六厂厂长半秃的头来。赵娟叫了一声：“厂长好！”厂长笑眯眯地点头：“娟儿，你待会儿给我复印一份我那个 MBA 的毕业证书，我要用。”赵娟说好，车子继续往厂里去。太阳太大，阳光搭在头皮上都有些发烫，赵娟眯着眼睛看厂长的车子往质检科那边开去，望花低度酒质检这一块是近来领导重视的，回头要准备好这方面的申报资料。

上二楼进了宣传科的办公室，王经理已经坐在那里玩了半天网上斗地主，赵娟把他每天要看的日报递了过去：“王伯，今天日报上登了我们酒厂的新闻。”王经理把游戏暂停了，接过报纸。赵娟一边给他的茶杯续水，一边说：“第九版。”王经理点点头，把报纸摊在桌上，一只手点起一根烟栽在嘴上，一只手速速地把报纸翻到第九版。“妈的，才给我们这么点儿版面！还在最下面！顶个屁用！”赵娟凑了过去看，便说：“我去复印一下吧，做个备案。”王经理点点头，把报纸推到一边，拿起办公桌上的座机话筒打电话。赵娟把报纸拿着去一楼的复印室，走在路上，她看了看第九版那篇报道，题目是“望花酒厂低度酒，喝出健康时尚来”，特约记者张云松。赵娟扑哧一下笑了，脑中想象着张云松写软文时那种抓耳挠腮的样子，从没有见过他写稿的模样，也许就是这样的吧，这个等他上线了好好问他。

复印室的张英正在翻看一本《故事会》，见她进来，便说：“我昨天去市里买了个红色的挎包回来，晚上你去我家看看。”赵娟掀开复印机的盖子，把报纸放好，开始复印。“我去不了，改天吧。”张英过来，摇她的手臂：“你不来多没意思啊，花了五百，也不知道好不好。”赵娟笑说：“我今天真去不了。”张英盯着她的脸看，笑了笑：“你脸红了。说，今晚要干吗去？”赵娟瞪了张英一眼，低头把复印好的文件拿在手中：“又是那个琴姐，让我过去吃饭。”张英嘻嘻地笑个不停，咂咂舌说：“你算是逃不过这一劫了。我今天还看见温磊了。”刚复印好的纸张捏在手中还是热的，赵娟看看窗外一辆开出去的运煤车，皱起眉头说：“怎么办？”张英也收起笑容，坐在椅子上叹气，《故事会》卷起来一下一下打着桌面。“你说你不舒服？加班？哎，要不你干脆跟琴姐说你不想去！”赵娟脚一点点踢桌边的垃圾篓：“琴姐想要办成的事儿，谁也拦不了。你看她当初跟我妈一样都是女工，到如今我妈还是女工，她都是老板娘了。你骗她?”张英噘着嘴，吧嗒了一下，说:“要不你从了她算咯。温磊不也挺好的吗?”赵娟跺了一下脚，说:“走啦!”张英探头追了一句:“明晚我等你。”

办公室王经理正在讲电话，赵娟把报纸夹好放在报刊架上。听得出电话那头广告公司柳经理不急不慢的声音，王经理一边听一边喝茶，赵娟回头看时，已经喝干了，她又去拿起开水壶把茶杯给满上。讲完电话，王经理把复印件拿起来看了一下，说:“怎么不是小唐来写?这个张云松写的什么玩意儿!”赵娟说:“唐姐出了车祸，手撞断了。”王经理惊讶地看过来:“什么时候的事情?”赵娟坐在自己的办公桌前，打开电脑:“就这几天。人还好，需要休养。”王经理啧啧嘴:“那今后我们内刊谁来做?刚才柳经理没提这事情啊。”赵娟的办公桌跟王经理的是对面，她侧过头来说:“暂时由张云松来做。”王经理喝了口茶，摇摇头说:“这个小张啊，我一看就不行。嘴上没毛，办事不牢。我要跟柳经理说一下这个问题。”赵娟笑笑说:“王伯，不要这样嘛。人家还年轻呢，你一个电话过去，人家工作都要丢了！现在找个工作多难哪。”王经理看看赵娟，点头笑笑：“怎么，对他有意思？”赵娟红着脸，眼睛盯着电脑屏幕看：“哪有？！唐姐刚来的时候，也是什么都不会啊。”王经理笑出声来，又点了一根烟：“行嘛行嘛，我不打就是了。你还跟我急。”

张云松那边该是忙得不可开交吧，这几天他在 QQ 上问她要资料，为下期的酒厂内刊做准备。她把几篇酒厂的新闻整理成一个文档发给了他，他那边千谢万谢，说真是帮了他大忙，也不知道能不能帮上他。又听他说学校马上要毕业论文答辩，论文也是东拼西凑的，不知道能不能过关。阳光从走廊晒到办公室里来，窗台上的文竹细长的叶片上闪着光。还没到开空调的时候，热气已经蒸腾起来，酒糟味分外浓烈。已经这么多年了，还是不习惯这个味道。王经理哎呀呀地叫，赵娟知道他这一轮又输了。她起身把窗帘拉下，办公室里一下子阴凉多了。每天几乎都是无事的，文件整理整理，报告随便写写，反正有固定的模板，什么事情都能往里放，偶尔陪领导出去喝酒，她也不怕，酒量从小培养了出来，半瓶子下去可以脸不红心不跳。她只需坐在这里，把一天给打发过去，月底拿工资，年终拿奖金就行了。

王经理忽然说："娟儿，楼下有人叫你，你没听见吗？"果然是有人叫，她赶紧走到走廊往下看，六厂厂长的车子就停在那里，厂长把手挡在额头上问："我的东西复印好了吗？"赵娟心想糟了，完全忘记了这回事情，便说："不好意思，我马上就去！"说完跑进办公室，打开靠墙的文件柜，拿出厂长的MBA证书，又冲出去。王经理说："不要这么急嘛，摔倒了怎么办？"赵娟来不及回应，就跑到楼下的复印室。张英帮着放纸，赵娟看门外，温磊从财务室那边一路小跑过来，拿着文件要厂长签字。他穿着蓝色细格子长袖衫，深蓝色西服裤，跑起来时胖胖松松的身子上下波动。张英把复印好的证件递给她："都好了。"赵娟接过来，点点头，却一直站在那里不动。张英奇怪地看了她一眼，又溜了一眼门外，想笑又忍住了。厂长签完字，他依旧不走，等在那儿。"娟儿，好了没啊？"厂长叉着腰问。赵娟慢慢地走过来，温磊笑着叫了一声："娟儿。"赵娟嘴角咧了咧，算是回应了。厂长把文件拿过来，上车直接走了。两人站在太阳底下，一时无话。温磊前额有些脱发，光光的脑门闪着细密的汗珠，鹅蛋形的眼镜下面有一双细长的眼睛，眯起来有些媚气。赵娟说：“太晒了，我上去了。”温磊点点头说：“好。”赵娟往楼梯口走去，温磊又问：“晚上你来吗？”赵娟没有转身，她含含糊糊说了一声：“我要去忙了。”就上楼去了。

二

下班后，张英给赵娟发了条短信：“温磊在门口等你。”王经理站起身说：“你还不走？”赵娟笑笑说：“我待会儿走，把这个文件弄完。”王经理点点头，掸了掸裤子上掉的烟灰，下楼去了。外面自行车的丁零丁零声响成一片，相互打招呼的人声也是此起彼伏。赵娟坐在位子上，墙上的挂钟咔——嗒——咔——嗒——永远重复同一个声音，无休无止地轮回。张英又发来短信：“他还在等着。我先走了。你自己想办法吧。”赵娟回过去：“你等我。”她抓起包，匆忙跑下楼，张英正在车棚那边等着，她速速地奔过去，推出了自己的车子。张英小声地说：“他就在门卫室那边等着。你打算怎么办？”赵娟沉着脸说：“不理他。”两人骑上车，经过大门的时候，温磊果然在等，电动车就停在他边上。赵娟向他点头笑了笑，就跟张英往外骑。张英一边骑一边悄声说："他在叫你。"赵娟加快了踩的节奏："快走。"张英跟了上来，嘻嘻地笑道："真有你的！"

经过望花桥时，赵娟没有往望花酒楼那边看，她从来没有骑那么快，张英在后面喊："娟儿！你等一下我！"她也不敢放慢，风在她耳边掠过，从耳根到脖子，汗都流了下来。进了酒香小区，停车棚那里她爸爸妈妈的自行车已经停在那儿了，她抬头看看四楼她家的厨房窗户，已经亮起了灯。张英好一会儿才骑过来，她大口地喘着气："你骑这么快，有鬼撵你啊？"赵娟笑骂道："你才是鬼！走，我去看看你那个包。"张英说好哇，把车推进去停好后，跟赵娟一起上了三楼，她的家就在赵娟家的楼下。房子推开门，都是一样的格局：总共五十来平方米，右手边两个房间，一间父母住，一间自己住；中间一米五宽的狭长客厅，吃饭只能放张小桌子；左手边是极小的厨房和卫生间兼洗澡间，再扩出一个小阳台，晒衣服用。

张英爸爸妈妈都上夜班去了，晚饭她妈妈已经做好，放在桌子上。赵娟说："鱼香肉丝！"张英撇撇嘴说："剩的。昨天我妈妈去参加一个婚礼，带回来的。"说着把赵娟拉到她的房间，从衣柜的深处挖出玫红色单肩斜挎包。赵娟笑说："你藏这么深？"张英嗤嗤地笑答："我妈要是知道我花五百买个包，唾沫都要淹死我！"说着把包挎在右肩上，对着穿衣镜左看右看。"怎么样？"赵娟点点头说："在新世纪商城二楼那家买的吧？"说着让张英把包给她挎着看看，镜子里又出现了她最不满意的脸，两颊鼓鼓的，脸形太圆，给人一种胖的感觉。其实哪里胖了？前天在仓库的磅秤上偷偷称了称，也才一百斤左右，身材是不错的，腰上没有赘肉，腿也是细细的，就是脸吃亏。张英个子很小，站在赵娟身边，矮上了一个头，她啧啧嘴："你挎这包，倒很好看。"赵娟又看了看，如果能配上上个月买的那条雪纺条纹连衣裙，就很好了。

有人在敲门，张英跑去开，赵娟一听声音就知道是妈妈来了，响亮爽脆的大嗓门炸起："英儿，娟儿在这儿吧？"赵娟赶紧把包塞到衣柜里去，走了出来，说："在。"出门的时候，张英露出爱莫能助的神情。赵妈新近烫了发，上楼时后脑勺的鬈发一跳一跳。这肯定是在老米巷子那里烫的，理发店的老板娘也是她同一个车间里出来的好姐妹。"你琴姐都快急死了！你还躲在这儿干吗？"赵妈忽然转过身，居高临下地看下来：“你手机也关机了是吧？”赵娟低头不语。赵妈又气恨地上楼：“你是要气死我！你都二十六了，又不是十六岁，我们都急死了，你还不急。”进门时，桌上的座机话筒还搁在那儿，赵妈拿起来说：“行了。就过来。”赵娟靠在门口，说：“我不去！”赵妈肉肉的脸一沉，眼睛瞪起来：“由得了你不去？！快去换件衣服，打扮打扮！”赵爸围着抹腰从厨房端了一盘西红柿炒鸡蛋出来，赵妈对他说：“你说说。”赵爸把菜放在桌上，不看赵妈：“娟儿不想去，不要强求嘛。”赵妈推了赵爸一下：“你烧了一辈子锅炉烧傻了吧？！”赵爸笑笑，往赵娟掠了一眼，撇撇嘴，又进了厨房。

赵妈不由分说地把赵娟拉进房间，把她按在椅子上，拿出梳子给她梳头。“头发乱得跟鸡窝似的。”赵娟在镜子里看见妈妈又去打开衣柜，翻找衣服，便说：“不用找了，我不去。”赵妈砰地关了柜门：“我有心脏病的，你不要惹我生气。”赵娟也高声说：“好好好，我去，行了吧？”说着起身往外走，赵爸又端了一盘蒜薹炒肉丝出来，见她便说：“吃饭吧。”赵妈在里面说：“她去酒楼！”赵爸抹抹手，眼睛凝视着她，想说什么又忍住了，叹了口气又进了厨房。

赵妈出了房门，把赵娟往外推，对赵爸说：“你留点菜在电饭煲温着，我也要出门。”赵爸在厨房敲着锅说：“都要吃饭了，你要折腾什么？”赵妈喝了一声：“要你管！”说着拉赵娟一路下楼，往小区外面走。天已经黑了，马路上的路灯也亮了，赵妈回头又上下打量了一下赵娟，笑着说：“跟妈当年一样，有模有样！还怕人家不要？”赵娟一听笑了起来：“不带这么夸自己的！”赵妈嘁了一声：“你妈妈当年也是厂花，你不知道吧？问问你王伯，当年还追过我嘞。”赵娟又笑问：“那你怎么嫁给我爸了？”赵妈摇摇头说：“当年脑子被驴给踢了，看走眼了。”

两人一行走到望花桥旁边的小广场，赵妈那些跳舞的舞伴都在那儿开跳了。赵妈过去之前跟她说：“说话机灵点儿，不要呆头呆脑的。”赵娟点头，看着妈妈走过去，又喊了一声：“不要跳得太猛，心脏会受不了的。”赵妈扬扬手说：“知道了。你快去。”赵娟抬眼看看望花河对岸的望花酒楼，临江仙那个包间灯火通明，远远地就看见琴姐和温磊坐在那儿说话。走在望花桥上，风很大，妈妈梳的头发又要吹乱了。她停下来往广场那边看去，她们正在跳《敖包相恋》，妈妈就站在她们中间，伸手投足之间一点儿都看不出她是个做了心脏搭桥手术的人。当初她大学毕业，已经在省城找好了工作，爸爸打电话告诉她妈妈做手术的事情，她没要那份工作就回来了。这一回来就是这些年过去了，她哪里也去不了。反反复复地进医院，病危通知书也下了几次，拿主意都要靠自己，爸爸一个人根本无法照应过来。她看见妈妈又在那里扬手，知道是催她快去的意思。她继续往前走，今晚也没有月亮，几粒星星悬在望花河的上空，河水流动，从河岸的树林里传来虫鸣声。她想起那天晚上，月亮穿过云层重新光亮起来，张云松就在现在走过的位置说："怎么会一生呢？我们都很年轻啊。"她那时候只是笑笑，没有说话，她其实想说："我觉得自己很老了。"

三

一到酒楼门口，服务员就一边往里跑一边喊："琴姐，来了来了。"刚走进大厅，琴姐就已经速速从包间走了出来，笑道："你再不来，我要去你家亲自请了。"赵娟倒不好意思起来，还未开口，已经被琴姐拉着手往包间走了。温磊忙着起身，笑得颇为尴尬。琴姐冲着门外喊："张莉，叫后面的赶紧烧菜！”说完又转身把赵娟拉到温磊旁边坐下，温磊也随之坐下。“不要拘束！你们自小都认识的吧？”温磊说：“我高娟儿两届，小学、中学都是一个学校的。”琴姐啧啧嘴，给两人倒茶：“高两届好，男人就要大一点，女人才有依靠。”温磊又笑了笑，小心地看看赵娟，不知道怎么回应。琴姐倒完茶，拍拍赵娟的肩头说：“娟儿，你好好跟磊子说话。我出去看看鱼做得怎么样了。”赵娟说好。

一只蛾子一直想进来，它一次又一次地撞着玻璃，发出噗噗的撞击声。透过玻璃窗，看到河对岸的广场，那些跳舞的人影影绰绰的，看不清哪一个是妈妈。温磊喝了一口茶，又喝了一口，自己面前的那杯热气已经散尽，茶叶沉在杯底一动不动。“你的茶冷了，我再给你倒一杯吧。”温磊的声音一直都是这样绵软，从小到大都是如此。她记得上小学时，温磊个子很矮小，虽然高她两届，还是遭到低年级人的欺负。有一次，她跟张英去酒香巷看向日葵，他们班上几个男生正在踢打温磊。她和张英高声尖叫：“你们再打，我们就告诉老师！”那帮男生一下子都跑走了，温磊一身都是泥土，弓在地上细声细气地哭。她和张英不理他，嫌他太女气。现在他倒水的动作还是那样，小拇指微微翘起，再次坐下来时，动作中稍带柔媚。

他轻轻咳嗽了几声，问：“你那头工作还忙吗？”赵娟快速地说：“还好。”他哦了一声，顿了顿又问：“你妈妈身体怎么样？”琴姐还不进来，连她的声音都听不到，包间里这么大的空间，偏偏只能坐在这个位置。“还算稳定。”赵娟随口答了一句，坐在位置上一直想站起来。“你爸爸呢？”那一口绵软的问话出来后，赵娟忽然转头看他：“我们就走走过场好吗？”他愣了一下，身子微微往后退：“我没明白。”赵娟又说：“我说今天这顿饭，我并不想来。既然来了，我们就走走过场。”温磊嘴张了张，点点头说：“真是为难你了。”赵娟小声地说了声谢谢。温磊又细声细语地说：“我也怕让你为难，只是姑姑这么热心张罗，我不好拒绝。”赵娟没想到他会这样说，心里微微一动，有些后悔刚才对他说话的口气。

琴姐又一次推门进来，她身后的服务员端来大盘的双椒鱼头、东坡肉、炒河虾、铁板牛肉等七八样菜，温磊站起来说：“姑，太麻烦你了。”琴姐忙让他坐下：“这有什么！你陪着娟儿说话。菜不够再点。”说着又外走，临走又说：“磊子，给娟儿夹菜呀！”包间里又只剩他们两个人了。菜香味扑鼻，闻起来颇有食欲。既然刚才已经跟温磊说开了，也不用拘谨了，赵娟自己拿起筷子夹河虾吃。温磊感觉也松了口气，夹了一块鱼肉，把鱼刺一根根挑出来后，放在赵娟的碗里。赵娟瞅了他一眼，他笑笑又去夹河虾，给虾子剥壳。赵娟说："你也吃啊。"温磊笑着点点头，剥好虾子，又一次放在她的碗里，另外又给她舀好了一碗鸡汤。赵娟不好意思起来："你要不吃的话，我也不吃了。"温磊说好，自己夹了眼前那一盘里的鸡块，鸡肉太老，吃起来十分费劲，他咬了咬又不好吐出来。赵娟说："肉太老了，别吃了。"温磊看看她，把肉放在碗里，又看看她，夹了一块牛肉过来。赵娟忙说："不要了。我真的很饱了。"

出门的时候，琴姐说："磊子，送娟儿回去。这大晚上的，她一个人走不安全。"赵娟忙说："就这几步路，走两步就到了。"琴姐笑吟吟地看她："让他送送。正好吃饱了，走走消化一下。"赵娟没有说话，走在前头，温磊跟在后头。他走路的声音很轻，有时候赵娟怀疑他没有跟上来，回头看，他还在。见她看过来，他腼腆地一笑。赵娟说："你回去吧。我自己走走就到了。"温磊柔声说："我还是送送吧。要是不送的话，姑姑会说我的。"赵娟笑说："琴姐又不是火眼金睛，走到这儿她已经看不到了。”温磊依旧坚持：“还是送送吧。反正走到这儿了。”广场那边跳舞的人群已经散了，妈妈也应该回家了。赵娟松了一口气，路上也没有行人。晚上才十点钟的光景，整个小镇已经安静了下来，望花河淙淙的流水声近在耳畔。到了酒香小区门口，赵娟说：“我到了。你快回去吧。”温磊笑笑说：“还真的挺近的。”赵娟点点头，往里走，进了小区门，转身看温磊还站在那儿，她又扬扬手说：“快回吧。”温磊点点头，转身慢慢地往回走。

进门时，客厅的灯还亮着，房间里的电视机也在响。赵娟走了进来，赵爸靠在小沙发上仰头呼呼大睡，赵妈就着台灯缝补厂服裤子，赵娟问她为什么还不睡，她抬头说：“你爸爸这个祸害精，烧锅炉把裤子都烧个洞出来咯。明天还要穿！”赵娟坐在她身边，把针线和裤子都拿了过来，接着缝补。妈妈在看自己。赵娟知道的，她低头一针针地进去又出来，台灯昏黄的灯光实在太暗，应该换个灯泡的。但是妈妈不让，说太刺眼。不要她这么晚还费心费神，她偏不听。“怎么样了？”赵妈问。赵娟不语，裤子这么破了，完全可以再去申请一条的，也不知道为什么非要补。“你说话啊，怎么样了？”明天先去申姐那里申请一下，爸爸的上身厂服也净是烧的小洞，一直就这么穿着，也不去领新的，真是不可理解。说了多少次了，也舍不得扔下旧的。爸爸的呼噜声真大，打着打着突然断掉了，让人忍不住担心，呼噜声又起。他的呼吸道不好，肺也不好，这些年在锅炉房，怎么着也好不起来，该带他去医院检查一下。

娟儿。娟儿。娟儿！她吓了一跳，妈妈的声音大得惊人，连爸爸也醒了过来。“究竟怎么样了？”妈妈的脸凑了过来，她往后躲了躲。“就那样吧。”赵妈不满意这个回答，又追问：“有戏没有？”赵娟觉得嗓子里干得很，她放下手头的针线和裤子，正待出门，手被赵妈一把拉住。“你不要走，把话说清楚。”赵娟说：“我要喝水。”赵妈绷着脸说：“不要找借口。”赵爸咕哝了一句：“娟儿要喝水，你拉着干什么？”赵妈扭头冲赵爸斥责了一句：“你什么都不管！你就让我在这里干着急。”赵爸摊手说：“我哪里不管了？女儿的事情让她自己做决定嘛。”赵妈噌的一下站起来：“好哇好哇，让她自己做决定，都二十六了！人家都孩子两个了，我们家这个还是个老姑娘，我脸往哪儿搁？！”赵爸摇摇头，换个姿势坐着：“二十六岁哪里大了？你没看电视上说大城市上那些三十多岁没结婚的女孩多的是！”赵妈气呼呼地喊：“你就是要气我是吧？气死我你好去找那些三十岁没结婚的女孩是吧？”赵爸脾气也上来了：“你怎么扯到这上头来了？”赵娟拉住她妈妈，让她坐下，又冲她爸爸摇手。赵妈怄起气来，坐在床边，抹着眼泪。赵娟轻抚她的背部，说：“事情都是慢慢来的嘛。”赵妈也不哭了，略带欣喜地看她：“这么说有戏？”赵娟顿了顿，说：“我也不知道。走一步看一步呗。”

四

清早起来，赵妈就说心口疼，再三让她去医院看看，她躺在床上说不去不去，去一次几百块，哪里去得起。其实她这个心口疼，大家都习惯了，躺一躺就好了。赵爸下楼去给母女俩买好了早餐，就去上班了。赵娟给王经理打电话请了假，留在家里陪她。叠高枕头，盖好被子，把药拿过来给她吃了，电视也打开，放的是清宫剧，她最爱看。赵娟把奶奶从乡下捎来的毛豆拿了来，坐在床边的小凳上剥。赵妈也想帮着剥，赵娟不让。青翠的豆子慢慢地堆了一瓷碗。赵妈说：“你小时候，也是最爱剥毛豆的。谁也不能跟你抢，一抢你就哭。”赵娟笑笑说：“我怎么不记得了？”赵妈又说：“好不容易剥了一碗，你爸爸几筷子就吃完了。你又急得哭。”赵娟低头去捡掉在地上的豆子，赵妈趁势摸摸她的头。“娟儿，是妈妈耽误你了。”赵娟惊讶地抬头看她，她接着说：“要不是我这个病，你也能早点儿找个人好好过日子了。”赵娟说：“这个跟妈你没关系，是我自己不太想这件事。”赵妈点点头：“我知道你的心思。你放不下我。我都知道的。”

赵娟拿手去划拉床单上的花纹，抬头再看妈妈眼角含着眼泪，心里吃了一惊：妈妈从来没有这样过，她一贯都是大嗓门，冲着爸爸和她呼来喝去，在厂里也是嬉笑怒骂惯了，连厂长都让她三分，她怎么会突然哭了起来呢？赵娟忙着去找抽纸，赵妈自己倒止住了，她指了指电视说：“你看看，那个贱人又来挑拨离间了！”赵娟往电视瞅了一眼，也许是剧情打动了她吧？赵娟拿着瓷碗站起身，一边往厨房那边走一边说：“不要太激动啦，大夫交代多少次了。”她把豆子倒在一个大碗里，用水泡上。厨房被爸爸擦拭得一尘不染，真是难以想象他这样一个天天在煤堆里待着的人，在家这么爱干净，地板、窗户、灶台、柜子，都被他擦了又擦，东西也摆放得整整齐齐。妈妈这样一个丢三落四、不善料理的人亏得是找了爸爸这样的男人，若是嫁了像王伯那样的男人，恐怕早就要气死了吧。阳台上晾晒的长袖衫，袖子伸出来，被风撩起，一摇一摆，像是一个无形的人在那里走路。像谁呢？她想了想，一下子蹦出一个名字：张云松——他就是这样走路的，肩头喜欢往前送。再看那长袖衫，便忍不住要笑出来。

下午去酒厂，办公室里王经理又在看报，一看她进来，便问："你妈没事了吧？"赵娟笑答："又是心口疼，已经好多了。"王经理点点头，把报纸翻了一面。赵娟打开电脑时，王经理提了一句："昨晚饭吃得怎么样？"赵娟脸一下子红了起来，她拿起抹布擦桌子："怎么突然问这个呀？"王经理把报纸放下来，半笑不笑地说："你那个琴姐见人就说你跟磊子好上的事情啊，今天我路过的时候，她就跟我说了这个。"赵娟一下一下擦着桌面，像是那上面布满了灰尘。王经理笑着说："磊子这个孩子，不错的嘛。你们两个在一起，蛮好的。"赵娟站起来，笑着说："厂长昨天让我复印的证书我忘在复印室了，我去拿一下。"说完便走了出去。

天气真是一天比一天热了起来，从水泥广场往厂区里走，汗流个不停，不去管它，只是走。从动力车间、维修车间走到原料仓库，最后来到厂区最低处的窖房，实在走不动，蹲在厂房的深沟边。沟畔的小苦荬开着圆圆的一朵黄花，沟里流淌着从窖房排出来的水。小时候走到这里特别害怕，生怕一不小心就掉了进去。这么些年过去，沟看起来依旧很深，水泥里的颗粒都露了出来。她抬头看四周，道路两侧灰色的水泥墙高高地垒上去，屋顶上的排水口也长了草，风浮浮地压过去。她只管看着，头仰得很酸，就是不敢低头。有人从车间里出来，她赶紧起身往前走。发酵窖封车间。制曲车间。瓶库。洗瓶间。灌酒室。成品库。包装车间。维修车间。她永远也闹不懂这些复杂的工艺和车间的布置规则。她不懂。她也不需要懂。

那次张云松来，她才第一次完整地把厂区给走完。难以想象，这些人年复一年地待在同一个地方做同一件事情重复同一个动作。张云松这样说。她宽容而同情地听他说这句话。他是一个外人，他不懂这里的生活。她当时想。但她同时又有一种被冒犯的感觉。如果。如果她跟温磊结婚，一个做财务，一个做行政，就像酒厂大多数人那样，一生都在这个熟悉到不能再熟悉的地方，又有什么不满意的？妈妈满意了，琴姐满意了，大家都满意了，事情好像本当如此，在人生的轨道上毫无意外顺顺当当地溜下去。她想不出否定的理由。可是她烦躁，还有不甘。她被死死地扣在这里。如果她能离开望花，她现在会过着怎样的生活？也许跟张云松一样，处于一种担心立马被炒鱿鱼的失业恐惧中；也许在省城做了那份文员的工作，跟大学时的男朋友结婚。也许。都是也许。现在她感觉自己迷失在这些灰色逼仄的厂房夹成的过道之中。远远地，她看到了锅炉房，煤块在门口堆成了山。她看见她父亲光着膀子，往锅炉里一下又一下铲煤，背上都是黑乎乎脏兮兮的。她不敢再多看，趁着他们不注意，往前面跑去。

又一次到了水泥广场，张英站在复印室的门口向她招手，待她走近，便开口说："温夫人，这么热的天，你还有闲情在外面逛。"赵娟转身就走，张英一把拉住："好好好，我错了。不开你玩笑了。"说着，仔细看她的脸："你哭了？"赵娟咕哝了一声："哪里有？"张英不由分说地把她拉进复印室，递给她一张湿纸巾："太明显了。谁看不出来？”赵娟用湿纸巾蒙住眼睛，眼泪止也止不住地涌出来。张英又递了一张湿纸巾过去：“琴姐太过分了！哪能这样？”说着把门掩上，靠过去抱着赵娟：“你也别怕。按照自己的意思就好。”赵娟哭着哭着，心里松快了好些，手靠在桌上撑着脸，愣愣地发呆。“我也不知道怎么办。”说着眼泪又一次涌上来。张英说：“反正明后两天是双休，你要不就去市里转转，躲躲这些人？”赵娟点点头：“我这就去买票。”说着起身待走，张英又拉住她：“你哭成这个样子，怎么出去啊？”她又坐了下来，张英拿着纸扇给她扇风。

几只麻雀在广场上蹦跶，粮库的卡车刚开过去，漏下了一些谷粒。张英的纸扇有一股檀香味，赵娟问她：“哪儿买的？”张英笑道：“我爸的，我偷过来用。”窗外远远走来一个人，越走越近，赵娟忽然站起来，张英问怎么了，温磊已经抱着报表走了进来。张英站起来，接过温磊手头的报表：“要复印几份？”温磊看了一眼赵娟，说：“一份就好。”复印机吱吱嘎嘎的声音响起，赵娟说：“张英，我先上去了。”张英说好。走了几步，温磊挡在那里。她往边上走，温磊一边连忙让开，一边低声问她：“你眼睛怎么了？”张英扭头过来大声地问：“就这些文件吗？”温磊点头说是。

赵娟借机错开身，出了门，一口气往二楼跑去。进了办公室，王经理不知去了哪里，杯子里的茶已经没了热气。脑子蒙蒙的，不能见人，生怕会突然失控，做出不恰当的事情来。手机短信铃声响起，是温磊发来的。“张英告诉我事情的原因了。真不好意思，我会让我姑姑别再说了。”赵娟看完后，一时间不知道怎么回复他。她有些怪张英多嘴，又觉得温磊并没有做错什么，不该不理他。没有一件事情是顺心的，自己都给搞砸了。

五

每次出门前，总要跟妈妈说一大通理由，除非是酒厂派她出差。有没有差出，妈妈一问王伯就会知道，反正都是同一个小区住着。哪怕是出差，妈妈也会跟王伯说让她少出，路上容易出车祸，到了外地又吃不好睡不好，更何况一个女孩子在外总归让人放心不下。这次她跟妈妈说要看望出车祸的朋友，妈妈说那可不能去，有晦气，得避让。她生闷气坐在房间，妈妈在隔壁房间看电视看得哈哈大笑，还让她过来一起看。幸好张英妈妈找上门来，邀请妈妈一起去百货市场买香菇，最近跌价，可以囤一点儿。妈妈要她跟着去，她说自己晚上没睡好，要补觉，赖在床上不肯起来。听着妈妈的开门声、下楼声、大笑声一点点地远去，她起身看窗外，妈妈已经走到望花桥那边去了。她立马收拾东西，跑下楼，往望花客运站赶去。张英给她打了个电话，知道她上车后，便说："怎么样？我妈管用吧？"赵娟噢了一声："我说你妈怎么突然这么巧找上来。"张英笑个不停，又说："我在楼下都听见了。你记得去新世纪商城负一层，有家新开的面馆，担担面很好吃，卤蛋也不错。"赵娟说好，又嘱咐了一声："你记得稳住我妈，她那个脾气！"张英说好。

车子又一次堵在邓家铺，赵娟已经习惯了。后车厢一直有个小孩在哭，转头看去，一位年轻的妈妈正在哄他，怎么哄哭声都不停，听久了叫人心生烦躁。空气十分闷热，车窗关得结结实实，拉了几次都拉不开，只好作罢。手机铃声果然响起，不用猜都知道是妈妈打来的，她一开口，声音都劈叉了："你在哪儿？"赵娟完全能想象出她紧绷的脸，小时候逃课出去玩被她逮住，她也是这个表情。"车上。"那边顿了一下，命令式的口吻出来了："回来。现在就回来。”赵娟说：“我明天晚上就回来了。”那边声音高了一个八度：“明天晚上我就死了！”死死死。永远用死来要挟。她，还有爸爸。两人被这个“死”字紧紧捆绑。一股恨意难以遏制地涌起。后面的小孩哭够没有。哭得没完没了。恨不得一个耳光扇过去。死就死，谁怕谁？“你说话！”妈妈厉声吼道，“要么现在就转头回家，要不别回来了。”赵娟紧紧攥着手机，手心在冒汗，她发现自己的身体在抖，完全不受自己控制，连牙齿都在上下磕碰，明明很热的天，却觉得很冷。“我……”她说了一个字，想了想又接着说，“我明天晚上回来。别担心。”说完挂了手机。

手机一直在包里震动，大腿那一块感觉都快震麻了。她能想象妈妈一遍又一遍地拨打她手机号的情形，连带那个逼仄的客厅、绛红色座机、干净的地面，那个空间的一切都在谴责她的逃离。可是她并没有想要逃离，她只是想出来透口气，为什么不行？——妈妈疯了。疯了疯了。手机不间歇地响了十来分钟，连坐在她旁边的人都投来不解的目光。她想关机，可那样的话简直是宣布决裂了，她不敢。妈妈是真的担心自己遭遇不测吗？还只是恼怒于她竟然敢挑战她的威权，脱离她的手掌心？就是不接。就是不接。她看着窗外停滞的风景，一切都滞住了，车子不动，人也不能动，不知道前方发生了什么事情，也不能退后绕道，只能卡在这个地方傻傻地等待。如果妈妈真的犯病了怎么办？应该打电话给张英，让她看看。可是自己不回去，她绝对不肯罢休的。她一时间踌躇了起来，甚至起身想出去，但又立马坐了下来。为什么要回去？这次听她的命令回去，下次就没有机会了。

车到市里，已经下午两点多钟了。她出站后，走在含香路上，一时间不知道往哪里走。马路对面的含香商场正在进行买一百送五十的促销活动，原来买过鞋子的店铺竟然换成了体育用品专卖店，车站广场上竖起了钢制的风车轮子，电影院楼顶竖着好莱坞最新动作大片的广告。一段时间不来，城市又有了新的变化，看起来让人心情振奋。手机没有再响了，一看五十多通未接电话，中间还夹着张英的电话。她发短信问张英什么事情，张英回她："没事了。你妈在我家跟我妈数落你的不是，顺带连我都怪上了。你放心玩吧。"赵娟这才放了心，想起住宿的事情，这次出来匆忙没有带够钱，正好大学同学杜芸芸还在师大读博，倒是可以去借住，杜芸芸在电话里说自己还在省城查博士论文资料，她室友在学校，晚上可以直接过去，她会跟室友提前打个招呼的。她说好，去马路对面坐上去学校的公交车，十几站路就可以到了。这段路是她最喜欢的，过了中元街，上望福路，迎面而来的是汉江大桥，车子沿着拱起的桥面一点点爬高，江对岸的鹿子山露出了柔和的山脊线，天空正蓝，山岭之上浮着丰盛的云朵。上大学的时候，她跟王麟常去那里爬山，清隐寺就在参天的古木后面。坐在寺前的台阶上，两侧青翠的竹林让人心生清凉之意。

王麟。家里人不会知道这个人的名字。他的模样一时间记不清了。赵娟望着桥下，前段时间的洪水已退，水又恢复了清澈，沙洲岸边还停着机动船。以前王麟会带她坐船来到这个洲上，浅白细腻的沙子踩在脚下，一走一个脚印。记起他高瘦的个子了，穿着卡其裤，脚丫子一下一下踢着水，也让她来踢踢看，她那时候来了例假就没敢踢。这都是多少年前的事情了。还有这座桥，他牵着她的手慢慢从这头走到那头，说话吹风，也不知道都说了些什么，只是笑，只是闹。铅灰色栏杆还是原来的模样，桥边散步的人头发都给吹凌乱了。王麟现在还在省城吧？他结婚了没有？生孩子了没有？都不知道。很久很久没有联系了。

当初他们一起在省城找的工作，王麟是销售，她是文员，两个人住在一个小屋子里，四百五十块钱一个月。爸爸的一通电话，她要回去，王麟也想跟着去。她不让。家里人不知道这个人的存在。怪自己。全都怪自己。妈妈是不希望她找一个外地人的。她知道。可是，如果她勇敢一点，跟妈妈提前说，会不会好些？王麟送她去车站，抱她，让她等妈妈的病情稳定了就回来，她答应了。谁也不知道妈妈的病情会这么严重，几场手术下来，完全离不开人，哪怕救过来了也要亲人悉心照料。她一步也离不开了。勉勉强强电话联系了大半年，就没有联系了。各自陷到自己的生活中去，到现在，没个完。

过了桥，上了解放路。鹿子山脚，楼群林立。她和王麟进去发过传单，花园式小区，背山靠水，中产阶级理想居住地。当时楼盘价三千一平方米，贵得叫人咂舌，现在试试看，没有一万根本拿不下来。汉江滩涂那里开发成湿地公园，三桥已经通车，当初全市最高的世纪大厦在拔地而起的高楼包围下已经破落不堪。才几年时间，世界变化太快，而望花已经被彻底遗弃了，多少年都是那个样子，人是那些人，事是那些事，今天与明天没有两样。她喜欢车窗外不断发展出来的新楼盘，像是春笋一般，不断冒出长大，一大片一大片，让人觉得生活是有希望的。那些小区大门装饰成洛可可风格，保安穿着绛紫色制服，戴着圆帽，站在那儿给开过的车子敬礼——要知道以前这里只是农田而已。她和王麟还在这里偷过玉米，一路往学校走一路生吃，那种清甜的滋味现在还能记得。到了。到了。宝丰路。209 厂。往里走一百米就到师大的校门了。

六

两只大手的石雕在校门的两端张开，寓意大概是欢迎四方游子前来深造，王麟说这两只手倒像是一个叫天天不应叫地地不灵的姿势，现在看去果然像。王麟嘴真毒。门外那些餐馆，以前经常跟王麟来吃的几家，依然还在，招牌都没换，只是更脏更旧了。香樟树粗了高了，花坛里晚上老有一帮喝醉的男生在那儿撒尿，浇得花都死了。进了校门，沿着书香路往里走，工学院、法学院、文学院依次排开，绿色玻璃窗上阳光正烈，有几个女生在走廊上说话，细细碎碎的，跟她当年一样，喜欢跟室友凑在一起说些无关紧要的琐屑。图书馆那边的广场上，有人在放风筝，一个小点缀在天上，下面一个男生在那里仰头小跑。天蓝得这么纯粹，一群飞鸟从图书馆苍灰色的屋顶掠过。直到这时，她才完全放松了下来，身体浸泡在学校独有的气氛当中。大学四年，她埋头于考各种证件，英语四级、六级，计算机二级，报考各种培训班，她每天来来回回不知在这条路走过多少遍。王麟就是她在上计算机培训班的时候认识的，他理解得快，就常来帮她写程序代码。他们同级不同班，计算机这么枯燥的培训，她倒是乐意天天去，王麟就坐在她身边，再也不怕老师讲得快了。

那么那么久的事情，以为早就忘干净了，一走进这里，像是久旱逢甘霖的禾苗，全都复活了。她任由这些回忆肆意地长出根芽，任由它们盘绕心头。她走走坐坐，听听看看。六月末的校园，草木繁盛，绿茵遍地，风吹得人松松软软的，小松鼠从杉木林蹦出来，又急匆匆地跑回去。骑着自行车的男男女女，也都是年轻得养眼。音乐学院就在旁边，叮叮咚咚的钢琴声飘浮过来，把人的思绪轻轻托起，又柔柔地放下，一只小猫躲在那边的花丛中看她。她的心又雀跃又惆怅，大学毕业后几年都没再回来看过。每次来市里都是出差，有时候双休日陪妈妈去市立医院，没有时间没有闲情。她又起身往学生宿舍那边去，看看当年自己住的204栋寝室楼还在不在。宿舍区那边，一路排开，都是大四即将毕业的学生在卖书和生活用品。当年把自己最爱的果绿色台灯卖掉，心里还后悔了半天呢。还有那些平日买的小说和杂志，也都卖掉了，也没想着留一两本，也怪可惜的。赵娟一路走一路看，卖家在吆喝，很多学生蹲在那里翻看询问。

快走到小亭子那边，忽然有人从摊子后面起身叫她，她抬眼一看，笑了出来。“张云松！”张云松冲他隔壁摊儿的男生说了一句：“鹏飞，我朋友过来了，你帮我看着。”那男生朝赵娟招招手，笑道：“你去吧。我会帮你收摊的。”赵娟忙说：“你继续卖，我就是随便逛逛。”张云松拍拍屁股，从摊子那边跨过来：“没事的！我也坐烦了。”两人往宿舍区那边走。果然是毕业季了，张云松明天毕业论文答辩，所以这几天他就回学校来住。他穿着短裤和短袖，拖鞋走在水泥地上噼噼啪啪的，他看看她笑笑，又看看，又笑笑。赵娟扑哧一声，也不知为什么笑出来，便问他：“你笑什么？”他倒好，反问过来：“你笑什么？”赵娟撇撇嘴，道：“不要学我。”张云松的脸十分清秀，说话声音软软糯糯的，他笑起来，整齐白净的牙齿都露了出来，看起来就是一个纯真的大孩子。他问：“你怎么会过来？”赵娟笑说：“我怎么就不能来？我是你师姐，你忘了？”张云松噢了一声，点点头：“是哟，你高我几届。”赵娟指了指前方的宿舍楼：“喏，那是我当时住的宿舍。408 室。”张云松数了数楼层，找到了那间：“你看你那个宿舍现在晒着男生的衣服。”赵娟叹了一口气，说：“真是想不到。”

又说起唐洁。张云松因为要办各种毕业手续，请了一个星期假回来，一直还没有去再看望她，不过打过电话去问，她已经出院在家休养了。赵娟点点头，说：“我明天去看她。”张云松问她：“你知道她家怎么走吗？”赵娟看了他一眼：“我跟唐姐认识都快三年了，我还住过她家呢。”说完，两人一时无话。穿过宿舍区，篮球场，到了学涯湖，小小的一片湖水，垂柳当年都跟个短发小子一样，现在也能垂下千条万条绿丝绦了，找了个位置坐下来，张云松问她渴不渴，她说有点儿，刚说完他就噌噌跑到不远处的商店买水去了。有点儿渴，也有点儿饿了。湖面上泛着金光，一只捞垃圾的小船停在岸边，荷叶团团，小鸭在湖中游来游去。当初这片湖还没有挖出来，只是一片湿地，王麟好奇进去看，一群野鸟从茂密的草丛中扑啦啦地飞起。正想着，张云松已经跑回来了，递给她一瓶雪碧，自己一瓶可乐。她一小口一小口喝，张云松也是一小口一小口喝。也说话，说着些什么自己也不知道，说着说着两个人就笑，笑也不知笑什么。阳光一点点收起，湖面倒映着火烧云，柠檬黄，石榴红，葡萄紫，星星开始一颗一颗出来。

去东门的学苑酒店吃饭，隔壁几个包间闹闹哄哄，张云松说："前两天我们已经在这儿吃过散伙饭，他们应该也是。"说着看看那些拿着酒瓶相互干杯的人，又说："你看吧，待会儿他们也会像我们那天一样，哭成一团。"赵娟笑问："那你哭了吗？"张云松顿了顿，说："说来不好意思，我哭得一塌糊涂。后来喝醉了，被我几个室友扶了回去。一想想今后我们再也不能这样了，就特难受。"赵娟也去看喝酒的那一群人，说："我倒是没有吃过散伙饭，那时候我妈做手术，我一直陪在家里，也没来得及跟我那些同学告别。"桌子铺着红绿小格子桌布，张云松中指和无名指立在上面，像一个小人儿在走路，赵娟也学他，走着走着靠近了，两人又各自收手。菜端了上来，麻辣豆腐、鱼香肉丝、清炒黄瓜，都是些家常菜，饭依旧硬成一粒一粒，叫人无法下咽，可是也吃，饿了一天。张云松咦的一声，问：“饭量变大了？”赵娟倒不好意思了：“好久没有吃过学校的饭嘛。”张云松说：“那再叫一碗？”赵娟说饱了饱了。结账时，张云松忙对服务员说：“不要收她的钱，我来我来！”服务员笑笑说：“你们决定好谁来付。”张云松把赵娟拿钱的手轻轻推开：“之前答应过请你吃饭的！”赵娟笑笑，就让他付了。

出门的时候，赵娟收到温磊发来的短信。“电影院上映新电影了，要不要看？我有票。”赵娟回了他：“谢谢你。我在市里。”张云松问她：“你怎么了？脸色看起来不太好。”赵娟笑笑：“哪有！我们去散散步吧。”张云松说好，引着她往教学楼那边走。温磊又发短信来：“没事。这几天都会有的，等你回来再看。”赵娟顿时火起，想回复他一句不用了，想想又忍住了。张云松招呼她：“赵娟，走慢点儿啊。刚吃完饭。”她停住脚步等他。张云松又问她：“你怎么了？”赵娟梗着脖子，看路边的孔子雕像。“没什么啊，吃撑了。”她知道张云松注视着她，她不去看。那团火闷闷地在心里烧着，她脸上手上都有汗。张云松递给她纸巾：

“你都出汗了。”她罩在他的目光之下，一举一动都看在他的眼里。她接过纸巾，就着手，慢慢擦。那短信像是从望花伸出来的手，要抓她回去。她怎么可能躲得了？望花的天空现在也该和这里一样，星星一颗一颗，闪耀在无穷无尽的苍穹之上，每一颗隔着不知多少光年，而她的世界却只能是一点点，多一点立马就会被吞吃掉。

走到教学楼前面的草场，两人坐下。张云松一下子躺下来，大喊：“过不了几天，我就要离开了！”赵娟笑说：“你反正在市里，想回来还不容易？”张云松手举起来摇摆：“不一样了。我再也不是学生了。”草地很大，赵娟看过去，好些男女情侣靠在一起，东一对，西一双，细声细语地说着话。她跟王麟当年不也是这样吗？她内心忽然一阵生疼，眼角湿润了。张云松说：“你也躺下来吧。”赵娟说不要，他坚持道：“躺下来嘛。真的感觉不一样。”赵娟隔着张云松半米远，也躺了下来。天空像是深蓝的海，飘着一缕纤长的云丝，风从额头上掠过，眼泪又一点点地收回去了。还好张云松没有看到，他只是眼望着天空。她偷眼去看他，他闭上眼睛，嘴唇微抿，手收在胸口，忽然又睁开眼睛，转头看她。她笑了笑，问：“你在想什么？”张云松呼了一口气。“什么都没想。”说完又去看她，“你想什么呢？”赵娟又重新看着天空：“我也不知道。就是感觉天好大，人好小。”

张云松张开手，碰到了她的手，她缩了一下，他又把手举了起来：“那是北极星吧？”赵娟心跳了跳，刚才他那个动作是有意的，还是无意的？看他的样子，好像什么都没有发生过，但他急切地说了好些话。赵娟没去听，她坐起来说：“往回走吧。”张云松说好。两人走在路上，无形中都有点儿紧张。赵娟打电话给她同学的室友，说好了住宿的事情；又给家里打电话，妈妈不肯来接，是爸爸接的，说来也没有什么事情，就让他们早点儿休息；再给唐洁打，说明天去她那里探望，时间也约好了。再也没有可以打的电话。她拿着手机，瞅了张云松一眼，他看样子有些沮丧，跟他说话，都有点儿出神。到了博士生楼门口，赵娟笑说：“什么时候再来望花出差？”张云松抹了抹脸：“很快吧。新近一期的快报，有个采访需要去。”赵娟依旧笑着，脸上有点儿僵：“是要采访六厂厂长的，是吧？”张云松点头。两人沉默了片刻。赵娟清了清嗓子，说：“那我上去了。”张云松说好。赵娟走到楼梯口，张云松又问：“你明天什么时候走？我去送你。”赵娟摇摇手：“不用了。你好好答辩。唐姐那边，我会代你向她问好的。”

七

早上张云松发来短信，问她有没有下来。赵娟草草洗漱了一下，跑下楼，张云松正站在门口，手里拿着煎饼和豆浆。赵娟问他：“不是要论文答辩吗？”张云松笑笑：“待会儿才答辩。”说着把早餐递给她。煎饼还是热的，拿在手中，有点儿烫。今天又是个大晴天，不过是早晨，天气还没有热起来，走在路上还是很舒适的。到了教学楼那边，张云松看了看时间，不好意思地说：“我得过去了。”赵娟忙说：“快去快去！”张云松撒腿往教学楼跑，跑跑又回头说：“坐 328 路，炉门站下！”见赵娟说知道了，又转身快跑。赵娟站在那里，看他进了教学楼，才往车站走。去水果摊买了些水果，坐上车，接到张英电话，她说：“温磊在路上碰到我，问你什么时候回来？”赵娟问她怎么回答的，她接着说：“还能怎么回答？就说反正明天是要回来上班就是了。”闲扯了一会儿，确定妈妈早上是正常买菜一切安好，便挂了电话。烦死了。赵娟心中一直盘绕着这个词。温磊想要怎样？想当然以为我就是他的女朋友了？可是如果整个望花的人都这么认为，她该怎么办？难道她不就是为了这个逃到市里来的吗？烦死了。烦死了。烦死了。

下了公交车，站台边上一个瘦小的中年男人，突然冲到赵娟面前，神秘兮兮地看了看左右后跟她说："你不知道吧，厂长贪污了五十万！"赵娟一时间没有明白他在讲什么，边上的中年妇人把她拉到一边："别理他，他是个疯子。以前是这厂里的人，后来下岗了，再后来就成这个样子。"赵娟说了声谢谢，准备往六〇二厂门口走。新的一趟公交车来了，那疯子又跑到刚上站台来等车的人面前，那些乘客赶紧躲开。疯子冲着他们喊："厂长贪污了五十万呐！五十万呐！"赵娟不禁骇然，赶紧一路小跑逃走，唐洁开门时，她还忍不住回头看那人有没有跟过来。唐洁看她脸色，便问怎么了。她说起那个疯子的事情，唐洁一边让她进屋来，一边说："那个人原来是我们六〇二厂的质检科科长，厂里改制后，他被内退了，精神上受不了，就疯了。"

赵娟脱了鞋，换上布拖，唐洁家以前她来过，现在看去更加陈旧了。三室一厅，当年她爱人作为六〇二厂科研人才引进的时候分的，墙壁上都是小朵画的彩笔画，沙发上凌乱地散着布娃娃、画框和彩笔。唐洁那只摔断的手臂还是那样吊着，她一边用好的那只手去整理沙发，一边歉然地说：“家里太乱了。”赵娟笑说：“没事的。我待会儿帮你收拾。”又接着说起那个疯子的事情，赵娟说：“我们酒厂也改制了，不过还好，大部分人还继续留在厂里。要是裁人，没准儿有一些干了一辈子的人会受不了。”唐洁把沙发腾出一块可以坐的地方：“酒厂效益不错嘛，再说还找了我们专业的广告策划公司来运作，自然会好些。”说着两人都笑了起来。“不过，”唐洁歪头想了想，说，“你们整个镇子的人几乎都是靠着酒厂来生活，要是万一哪天它不行了，会怎样？”赵娟摇摇手说：“啊，我不敢想这个问题。我们那里，像我们家，都是全家几代人在酒厂，要是倒闭了，还真不知道怎么办才好呢。”

一边说着，一边把沙发整理了一下，两人坐在一起。小朵在她外婆那儿玩，唐洁爱人出差，赵娟凑到唐洁脸上，细细地看了一下：“还好，没留下什么疤痕。手现在怎样了？”唐洁嘟着嘴说：“还要养。都快养成肥猪了！”再上下打量了一下，还真是胖了些，赵娟笑笑，起身去厨房把自己买的水果给洗了，端过来。唐洁吃着她剥好的葡萄，问：“怎么突然跑到市里来了？”赵娟低头继续剥手上的葡萄，汁液流了一手。“是不是家里的事情？”唐洁又问，赵娟把剥好的葡萄递过去，笑笑：“总不过就是这些烦心事。”唐洁默然，左手伸过来摸摸她的头：“多好的姑娘，还不知道哪个男人能有福得到你呢？！”赵娟嗔怪道：“什么啊。你又瞎说。”唐洁笑了笑：“我要是个男人，就娶你这样的。”赵娟弯腰把落在地上的葡萄捡了起来，脸上隐隐发烧。

“你昨天在哪儿睡的？”听唐洁问，她抬头说：“在学校我同学那里，还见到了你徒弟张云松呢。他让我向你问个好。”唐洁嗯了一声，点点头：“云松也是个好小伙儿！工作好积极的，交代他事情，他做起来风风火火的。”赵娟扑哧一声笑了出来：“谁在你眼里都是好的吧！”唐洁摇摇头。“才不是呢，你是好的，他也是好的。还有很多人可不是好的，讨厌还来不及呢。”说着又歪头凝神看着她，“说到我徒弟，有一件事你知不知道？”赵娟问什么事情。“他去望花采访回来后，我们总经理找他谈话，说是有人反映在酒厂的时候他跟你走得太近了。”赵娟脑子轰隆一下，怔怔地不知道说什么好。“该死，我不该说这个事情的。”唐洁凑了过来，摸摸赵娟的脸：“不要理这些无聊的人啦！”已经不是无聊了，而是可怕，太可怕了。赵娟从心底生出一股彻骨的寒意。琴姐？上次张云松来，她带他去琴姐那里吃过饭，那时候琴姐的眼神想起来就怪怪的。要不就是王经理？他一直就不喜欢张云松。还是妈妈？……他们的脸，望花那些人的脸，都像是凑了过来，看她的笑话。唐洁用好的那只手搂着她，说：“想哭就哭，别忍着。”赵娟忍了又忍，还是哭了出来。

沙发太软和，陷在里面不想动弹。赵娟已经用尽了唐洁递过来的纸巾，简直不知道自己为什么哭得这么凶，从来没有这样过。现在心里空落落的，对任何事情都提不起兴趣。对面墙上贴的壁纸，一个又一个花纹，在眼中盘旋。客厅里十分安静，窗帘也拉上，只透出隐隐的天光。她又擦了擦脸，羞赧地对唐洁说：“真是太神经了！我是来看你，自己倒是哭了一场。”说着声音又一次颤抖起来。唐洁摇摇头：“娟儿，真的要勇敢些。现在都什么年代了，随他们说去呗。关键是你自己心里怎么想的，才是最重要的。”赵娟叹了口气：“我不想回望花。”唐洁笑笑说：“好哇。今晚就住我这儿，还是睡你上次睡的那个房间。”赵娟嗔道："姐，你知道我不是这个意思。"唐洁拍拍她的头，说："你真是叫人心疼啊。我知道你放不下你妈的。"赵娟摊开手："能有什么办法？什么办法都没有。"说着又一次哭起来。

说是不想回去，终究还是要回去。跟唐洁吃过午饭，下午就该去客运站了。唐洁要送，她不让。唐洁说："反正我也要出去透透气的。"两人下楼，走在厂区里。这是一片整齐的苏式厂区，看起来一片衰败，红砖厂房屋顶上长满了草，黑毡布裹着的水管也破裂了。职工宿舍区那边，过道上堆满了杂物，墙壁剥落，贴满了小广告。赵娟惊讶地问："怎么都成这个样子了？前年来还好啊。"唐洁环顾了一下四周，说："我当初嫁过来的时候，这里可兴旺了。那拉货的车从厂门口一直排到这边来，供销两旺，收益也好。我也在这里当过文员呢，跟你现在做的工作一样。"赵娟点点头："真是不敢想象，酒厂如果不行，也该是这个样子。看起来真是有点儿触目惊心。"再抬头看那些厂房的玻璃都碎了，铁门大敞，生锈的机械像是被遗弃的大象，静默地蹲伏在那儿。"还有部分员工在，苦苦撑着，"唐洁瞥了一眼厂房，"我，还有一批人下岗后，各谋生路。我爱人虽然没有下岗，但工资太低太低，马上也要出来找工作了。不过还好，我在广告公司能找到份工作，好些人出来都不知道干些什么。”说着顿了顿。“现在我也不知道能做什么。”赵娟说：“等手好了，再回公司上班啊。”唐洁咬了一下嘴唇：“我不知道能不能回去了。说不好。”

走到车站，那个疯子还在那里徘徊。唐洁说：“不要怕。他不伤人的。”说着走过去打招呼：“刘科长，你怎么还在这儿啊？”那人打量了一番唐洁，笑了起来：“小唐，你要的质检资料我都报给你了呀。”唐洁点点头：“对啊，对啊。”赵娟远远地站在一边，其他等车的乘客也远远地站在另一边。“我跟你说哦，”那人凑近唐洁，“厂长贪污了五十万，五十万！”说着张开手掌。唐洁依旧在点头：“是啊，贪污这么多。”那人满意地笑了，又沉下脸来：“我举报他哇，我要去举报他。领导会知道的呀，反贪局会知道的呀。五十万呢，五十万！”说着又向其他等车的人张开手掌。车子来了，赵娟问：“什么时候再来望花？”唐洁笑笑说：“我也不知道。反正有的是机会吧。”赵娟点点头，往车厢里走。她听见唐洁在那边说：“刘科长，你该回去了。时候不早了。”

八

时候真是不早了。在邓家铺那边照例堵了很长时间，才逐渐通行。张英发短信过来问：“你怎么还没回来？你妈妈下来问我好几次了。”赵娟回她：“还有一个小时吧。”看看窗外，道路一侧的村庄，已经起了炊烟，一头水牛正慢腾腾地走在田埂上，水港边上的白杨林树叶像在风中招手。又要回来了。刚摆脱堵塞，车子憋足了劲往望花奔去。明家铺。万果村。高家岭。离望花越来越近了。爸爸已经在厨房忙活了吧。妈妈躺在房间看电视了吧。琴姐的酒楼又是宾客满座了吧。他们都在望花热火朝天地生活着。可是此刻，她几乎要对望花心生憎恶。她不安地坐在座位上，怪司机开得太快，怪后面的乘客笑得太放肆，怪这条省道太短太短。王集营。商家铺。五道村。还有半个小时的路程。她都感觉自己快要闻到弥漫全镇的酒糟味儿了。这股味道盘绕了她二十多年，现在像是甩开的套马绳，马上就要套住她了。百家村。新港村。王利港。一个又一个消逝在身后。能看见望花镇上那几个高耸的烟囱，也能看见镇口那个丑陋的酒瓶大型雕塑了。车子撒着欢地投入望花的怀抱。

司机站起来喊道:“姑娘，下车了!”赵娟这才慢腾腾地起身，车厢里已经下空了，司机也要下去了。客运站大楼顶上“望花”两个大字，亮着红光。车场上，熙熙攘攘的都是来去的人群。赵娟闷闷地穿过去，来到出站口，一个熟悉的声音一连声地叫她。爸爸站在站口便利店的门口，向她招手。同时，她也看到了温磊站在爸爸旁边。她恨不得立马转身再买一张票，坐上车，越快离开这儿越好。可是来不及了。他们已经走了过来，笑盈盈的。赵娟也笑着，生生地笑出来。爸爸问:“怎么现在才到?等你一个小时了!”他还穿着厂服，脚上是解放鞋。温磊冲她笑着点点头:“娟儿，累不累?”赵娟没看他，淡淡地说了句:“还好。”爸爸拍拍温磊的手臂:“你妈一下午都在急，我刚下班，衣服都不让我换，让我赶紧到车站来接你。路上，就碰到磊子，他骑电动车送我过来的。”说着，三人往停车的地方走。赵爸走在最前头，温磊走得很慢，跟赵娟开始并行。“玩得还可以吧?”他问。赵娟嗯了一声，没有言语。温磊又问:“渴不渴?我买瓶水给你。”赵娟说不用了。

电动车太小，只能坐一个人，温磊为难地抓抓头。赵爸说："磊子，你带娟儿走。我慢慢往回荡。"温磊忙说："那怎么行？娟儿会骑电动车的，你们骑着走。我反正住得近，走两步就到了。"赵娟木木地站在旁边，看着他们推来让去，默默地往前走。温磊喊道："娟儿，不是那个方向的！"她听到他快步走过来的脚步声，加快了步伐。脚步声又停了下来。她只是走，只是走，走到十字路口，红绿灯前一群人在等候。电动车开了过来。赵爸从车上跳下，抓她的手："娟儿，你走错路了。"爸爸从来没有这么严肃地看自己，她呆滞地站在那里。这是一个她不认识的爸爸，他以前那样和蔼轻快的神情没有了，他现在是绷着脸，像妈妈一样绷着。"你没事吧？"爸爸问她。她不知道怎么回答他。他转头说："磊子啊，你先回去吧。我跟娟儿慢慢走。很近的。"温磊点点头说好，开动车子转头离开。

两人只是往家的方向走，没人说话。车站路往西，拐个弯上旧雨路，穿过华阳小百货市场，再转东阁街。赵娟感觉爸爸走路的变化，原来轻快的走路声变得迟滞了，他背一直有点儿弯，现在更厉害，走走咳嗽几声，吐一口痰。平时赵娟会让他不要随地吐痰，现在却没有心思。店铺陆陆续续开了灯，货物摆了出来，小吃一条街上渐渐热闹起来，过不了多久，整条路上都会是酒厂下班后的员工，他们过来吃麻辣烫、烤肉串，喝上几瓶啤酒。“娟儿，我觉得磊子挺好的，”爸爸开口说话了，“有文化，人又好，脾气温和，跟你这个倔脾气啊很配。”见赵娟不言语，又继续说：“我知道你心里有想法。但我们家就这样，你是知道的，家里需要有个人照应。”赵娟咕哝了一句：“我不是在照应吗？”赵爸点点头：“但你终究是个女孩，很多事情还是需要男人的。这周末你不在，咱们家煤气罐子没气了，还是磊子过来帮我们换的。那么重的罐子，我都搬不动了。”赵娟忽然插话进来：“他来过我们家了？”赵爸小心地看看赵娟：“是你妈叫他过来帮忙的。他还把咱们家的水管也修好了。”赵娟莫名地涌上一股火气：“我妈怎么回事？随随便便叫个人到我们家来！”赵爸摇摇头：“哪能是随便什么人？磊子又不是随便的人。”赵娟声音大了起来：“好好，他不是随便的人，我是随便的人行了吧？”赵爸愣住了，又埋头往前走：“你怎么这样跟我说话？”

一路无话可说，到家后，赵妈躺在床上看电视，见他们进来也没有说话。赵爸说：“我把菜都热热。”赵娟说：“我吃不下去。”说着进了自己的房间，关上门。房间又一次被爸爸收拾得干干净净，床单也洗过了，枕头也晒过了，闻起来有一股太阳的味道。小书桌上的杂志和书本整整齐齐地垛好，窗台上那盆自己一时兴起买回去再也没管过的铜钱草，爸爸也按时地来照料它。爸爸，我不是故意的。她把脸埋在枕头里，心里特别后悔。她听见爸爸在厨房热菜的声音，走路的声音，还有洗碗的声音。他轻手轻脚的，生怕吵到她。她知道。隔壁房间电视剧里嘻嘻哈哈的笑闹声，也听得分明。她没有叫妈妈，她生她的气。她也知道妈妈生自己的气。她再一次回来，像是换了一双眼睛，来重新打量自己生活的这个地方。一切照旧。一切正常。只有她的内心滋生着不满。

门推开了，爸爸走进来，站在床边。“娟儿，吃饭了。”她睁眼看他，爸爸站立在那儿，投来关切的眼神，她感觉十分羞愧。饭桌上已经盛好了饭，菜汤冒着朗朗热气，但她真是一点儿胃口都没有。“爸，我真的吃不下。”爸爸点点头说好，又问：“是不是胃不舒服？家里还有胃药。”赵娟又摇摇头。赵妈从隔壁房间走了进来，沉着脸说：“晚上怎么能不吃饭？快起来吃！”赵娟不看她：“我不吃。”赵妈声音大了起来：“不吃拉倒，饿死活该！”说着转身要走。

“你为什么要叫他来？”赵娟突然发问。赵妈回头看她：“你说谁？”赵爸说：“娟儿，好好说话。”赵娟不管：“他又不是我什么人，要他来帮什么忙？”赵妈明白了，哼了一声：“是啊，你一个人跑出去逍遥了。还不兴我叫个人来帮忙？那么重的罐子，你爸一把老骨头背得动吗？”赵娟不说话，赵妈越说越激动：“你就是没良心！我跟你说，磊子这么好的人，你不抓好，你能嫁给谁？”赵娟从床上忽地下来：“我谁都不嫁！行了吧？”赵妈气得脸泛红：“好好好。你不嫁人，我管你！”说着摔门出去。赵爸瞪了她一眼：“你今天是怎么了？”说着跑出去。赵娟立在那里，脑子乱糟糟的。隔壁房间传来赵妈号啕大哭的声音。

她很想给谁打电话，谁都可以，只要说说话就好。她感觉心里堵得慌，房间逼仄得她喘不过气来。她第一个想起的是唐洁，可是不行。现在是凌晨两点了，人家早就睡了。所有人都睡了吧，连隔壁房间的妈妈也不哭了，传来深沉睡眠后的呼噜声，只有她是清醒的。她把窗户打得开开的，没有风，窗外的黑暗沉沉，连虫鸣声都止息了。她听见自己心脏的跳动声，扑通扑通扑通扑通，充满活力的节奏。她就是个活死人摊在这里，无能为力。必须找个人说说话，否则真要憋闷至死。她打电话给张英，电话铃声响了很久，传来接电话的声音：“娟儿，你发什么神经啊？”赵娟小声地说：“我去你那儿睡。”张英说好。她轻悄地下床，小心翼翼地开房门，依旧发出咯吱的声音，再开防盗门，后面传来声音：“娟儿，大晚上的你怎么了？”赵娟吓一跳，转身看是爸爸，赶紧嘘了一下，悄声说：“我去张英那儿睡。”赵爸点点头说：“想去就去吧。”

她把门轻轻地关上。走廊上的顶灯，啪地亮起，她的影子在脚前缩成一团，越往下走拖得越长。脚步声无论怎么轻，还是在楼梯之间回响。她停了下来，隔着水泥镂花窗看外面，什么都看不见。张英站在门口，蓬头散发的，向她招手。她奔下去。张英小声问她：“你真是犯神经啊。怎么回事啊？”赵娟拉她赶紧进房间，说：“别问了，睡吧睡吧。”张英打了个呵欠，重新躺下，赵娟也躺下，凑过去搂着她的腰。张英咻咻笑：“你干吗？我又不是你的男人！”赵娟把脸贴着她的背，瓮声瓮气地说：“睡吧睡吧。”不一会儿，张英发出轻快的呼噜声。从小到大，她们经常这样，搂着睡觉。从望花幼儿园开始，到望花小学、望花初中，再到望花高中，她们都是这样形影不离。高中毕业，张英直接去了酒厂上班，而她读了四年大学后还是回来了。张英有时候笑她：“真不知道你这大学读了有什么用？转了一圈还是回来了！”她就说：“还是不一样的。”怎么不一样？她说不清楚。不清楚就睡吧。睡吧睡吧。明天还要上班。

九

早上起来回家，赵爸已经熬好了粥，见赵娟进来，便说：“把粥端给你妈。”赵娟说好。熬的是南瓜粥，妈妈的最爱，今天她的心脏又不舒服，躺在床上哼哼。赵娟叫了声妈，没有回应。赵娟把粥放在床边的柜头，走了出来。赵爸探出头来看：“理你了吗？”见赵娟摇头，他笑着说：“不管她了。你快去上班吧。我今天轮休，在家陪你妈就是了。”赵娟说好，吃完早餐后，出门她又往房间里喊了一声：“妈，我走了。”赵爸擦手过来说：“娟儿要上班了，你怎么不回应一声。”赵妈咕哝了一句：“上就上呗。我才懒得管！”赵爸笑着摇头：“你们哪！”赵娟下楼的时候，张英已经等在车棚了，她问：“昨晚你来我这儿了是吧？”赵娟笑道：“你不记得了？”张英噘起嘴：“大清早一起来没见你，我还以为自己做梦呢。”两人把车子推出来，一路上都是去酒厂上早班的人，有的骑车，有的走路，相互打招呼问好，那种熟悉而亲切的感觉又一次涌上心头。赵娟忽然觉得昨天的事情，真的像是一场梦一样不真实。

这一天真是忙乱，六厂厂长评上了市里的劳动模范，要为他准备好去市里做报告的讲话稿，广告公司这边也会派张云松过来采访他，到时候放在日报上做宣传用。另外，望花低度酒下个月就要上市了，也要准备好各种宣传的资料，预备好横幅、易拉宝、路灯上的刀旗。中午张英过来邀她去食堂吃饭，她都没空，让张英帮着带。王经理去教六厂厂长怎么做演讲了，办公室就只有她一个人。她集中精力把文档整理到位，又检查了一遍发给广告公司的文件是否有误。她喜欢这种忙碌，各种事情纷至沓来，她都能一一化解。反倒是无事可做时，让人十分愁闷。张英把饭带了过来："排了好长的队，终于要到狮子头！你要怎么谢我？”赵娟笑道："谢你个头啊！我帮你排了多少次队？你忘了？”张英哎了一声："反正以后有人帮你排队的，也用不着我咯。”赵娟伸手去掐她："你又皮痒痒了！找打！”

到了下午，赵爸给她打了个电话，让她晚上早点儿下班回来吃饭。赵娟说："我都快忙死了。"赵爸坚持说："能早就早吧。"赵娟没多想，又去跟广告公司那边核对宣传稿。离下班还有半个小时，赵妈又打来电话催，她手头的事情也忙得差不多了，就收拾收拾邀张英一起回了。骑到半路，赵妈打电话让她去超市买酱油和醋回来，她又拐到华美商场买了，还捎上一瓶麻油，爸爸喜欢拌菜吃。跟张英在楼梯口分手后，才上到自家的楼层，赵爸已经开了门，等在那里："快给我，等着用呢。"说着接过她手上的东西。赵娟问："今天怎么这么急着用？"赵爸笑了笑，让她进来，厨房门口妈妈正在择菜，站在那儿穿着爸爸的抹腰正在炒菜的是温磊。赵妈抬头说："娟儿，快点儿帮我！"温磊拿着锅铲在翻炒莴苣，见她站在那里，有点儿尴尬地笑笑："娟儿，伯母叫我过来的。"赵妈高声说："人家磊子帮我们这么多忙，是我要他过来吃顿饭的。"赵爸搓搓手，笑说："本来我做饭的，磊子说让他来。你看看，他做得多好！"说着指向桌子，那上面已经放好了几盘菜。

故意的。妈妈是故意的。她肯定是装着心脏不舒服，就是为了来这一出。现在，他们一递一声地说相声似的，夸这个侵入自家领地的男人，完完全全成了他的俘虏。她不要。她关上房门，任他们闹腾。外面炮火轰隆，而她要固守领地，绝不退让。赵妈一迭声地喊：“娟儿，出来帮忙！一回来就睡觉！”她不理。赵爸敲门说：“收拾收拾桌子吃饭啦！”她也不理。她感觉现在就是一只小动物，掉进了精心设计的陷阱中，四面都是无法攀爬出去的墙。她难过的是，爸爸也完全不站她这一边了，他还拿钥匙开自己的房门，还走进跟她说：“娟儿，这次不要惹你妈生气了。吃饭吧。”她不得不起来，不得不出了房门，不得不看见妈妈和温磊坐在那里，不得不被爸爸硬生生推到温磊旁边坐下，然后看着妈妈笑得如此开心。他们真的是好开心。妈妈看温磊的目光，爸爸看温磊的目光，都像是看亲生儿子一样。温磊究竟有什么本领，让他们就这样倒戈了？她看到温磊白胖的脸和手，还有他微笑的嘴角，他是个厉害人呢。会扛煤气罐。会做饭。会哄老人开心。厉害厉害。可是这些跟自己有什么关系呢？她想不明白。她也吃饭的，也吃菜的。她不能发脾气，不能使脸色，她乖乖地，无言地，为他们快乐幸福的一餐做人肉背景。这样他们满意了吧？

吃完后，收拾桌子，温磊让他们都去歇息，他来收拾。

赵妈说：“这怎么能行？娟儿，你来收拾。”赵娟说好，拿起碗筷。温磊忙抢过来，柔声地说：“我来我来。”你来就你来，赵娟把碗筷搁在那儿，转身又去了房间。赵爸喊：“你太不懂礼貌啦！”温磊忙说：“这些事儿我来做就行了。”赵妈笑说：“还是磊子懂事。”嗯，懂事，恭喜你，你又加了一分。你待会儿还会不会扫地？会不会给我妈妈捶背？会不会给我爸爸揉腿？你施展出来的功夫，够让他们心服口服了。你真的很够格做赵家的入门女婿对不对？妈妈也终于可以把多年嫁不出去的老姑娘给嫁出去了，脸上有光了，说话也有底气了，以后等着抱外孙颐养天年了。就等我了。我一点头，接下来的事情都是一通百通，一人点头，全家幸福。真够好的。如果我不点头呢？妈妈又要心脏不舒服了，爸爸又要责怪我不懂事了，而我千夫所指，万人痛骂，被人不齿。我，赵娟，现在能怎么办？

赵爸进来说：“娟儿，送送磊子吧。人家辛苦一下午了。”一下午。一下午他都在这里。好啊，去送。绝对配合。起身出门，送君一别。你们满意就好。千谢万谢，下次再来，常来玩，随时欢迎。这不是客套话，这是爸爸妈妈的真心话。他们送出了门，送到了楼梯口，送到了楼下，现在看着我和他走在一起。那些小区散步的叔叔婶婶，都看了过来，他们冲着爸爸妈妈喊：“老赵，不错啊！”她听到他们的笑声，也听到妈妈说：“磊子不错。”真好啊，这才是夫妻相。她完全能想象出他们的心理活动。好了，妈妈你赢了这一局，宣告了我家女儿再也不是嫁不出去的人了。走出小区门口好远，他们看不到了。温磊说：“我们去看电影吧。我有两张电影票。”好了，不用再装了，可以痛痛快快地说了：“谢谢你帮了我们家这么多，但你不要再来找我了。”说完转身就走。痛快。去你的电影吧。去你的糖衣炮弹吧。现在真是一身轻松，走路生风。她相信温磊会是一个懂事理的人。果然，他懂事理。他没有追上来。他会站在那儿发呆吗？会哭吗？会骂她吗？她不管。让他的姑姑抚慰他去吧。妈妈惊讶地问她：“怎么这么快就回来了？”她甚至是微笑着说：“他说自己回去。”妈妈看到她的笑，也笑了——笑得多开心。

十

王经理听到张云松要来采访的事情，皱起眉头说：“怎么又是他？”赵娟笑道：“现在内刊归他负责啊。你上回夸内刊不错，就是他做的。”王经理讶异地看着她，“是他做的？”见赵娟点点头，又问：“他什么时候来？”赵娟看了一下张云松发来的短信，说：“十点半应该能到酒厂。”王经理点点头，说：“那提前跟刘厂长说好吧，让他空出个时间来接受采访。”赵娟说已经安排妥帖了，王经理无话，有人正好找他，他便出去了。比预料的要早到半个小时，赵娟还在办公室整理文件，就听到敲门声，抬头看是张云松，便笑道：“嗬，这么快！邓家铺那里不堵车了？”张云松理发了，头发剪得短短的，看起来分外精神，他点点头笑道：“是啊，今天没堵。托你的福。”赵娟嘁了一声，嗔道：“你也学得油嘴滑舌了。”张云松依旧笑着：“我哪有！”两人只是笑，赵娟又说：“怎么理这么短？”张云松抓抓头：“天气热了，剪短了凉快。”赵娟走到文件柜那边，去拿小风扇。“来吹吹风。”张云松看她的脸：“你没休息好？”赵娟说还好。风扇吹了起来，一小团柔柔的风。

赵娟又问：“毕业论文答辩得如何？”张云松咧咧嘴：“就是个过场。”他的短袖斜侧还有洗衣粉没有洗净的痕迹，真是大男生，不会料理自己。裤子也是皱皱的，需要熨烫一下，可是他肯定没有熨斗。“你要喝水吗？”她抬头问，他在看着她，这样一问他又忙低下头说：“我自己来。”说着去拿纸杯，纸杯套得太紧，怎么也拿不出来，赵娟从桌了上取了一个干净的玻璃杯，给他泡上茶。张云松很不好意思地接过茶杯，站在那里。两人一时无话。风扇咯吱咯吱的声音很大，很久没用了，看来是要坏掉。张云松说：“你的鞋子很好看。”那是一双帆布鞋，跟张英一起在专卖店买的，她自己也低下头看了看，笑笑说：“不仅油嘴滑舌，还学会甜言蜜语。”张云松哈了一声，啧啧嘴：“我说什么都不对。”赵娟又忍不住笑，再看他，还拿着那个杯子，满满的茶水没有喝一口。“要不喝，就放下来，拿着多累。”张云松连忙摇头，猛喝了一口，烫得直咂舌。赵娟摇摇头：“活该。”说着递纸巾给他。

六厂刘厂长过来了，他高大的个子一进门，就把外面的阳光都给遮住了。赵娟把他们两位各自相互介绍了一番，便开始了采访。刘厂长一口望花方言，张云松听得云里雾里。赵娟笑道：“刘伯，你要说普通话呀。”刘厂长摇摇头说：“之前那个采访的小唐，不是听得懂吗？”赵娟瞥了一眼尴尬地坐在那里的张云松，说：“人家是外地人嘛。”刘厂长摊开手说：“好嘛好嘛。”别别扭扭地谈了一个小时，赵娟不时在中间当翻译，采访才算结束。刘厂长走后，张云松吁了一口气：“还好有你啊，要不然我真不知道怎么办才好。”赵娟起身说：“刘厂长没读多少书，不太会说。我们吃饭去吧。”张云松说好。两人往食堂走，赵娟问：“去看过唐姐吗？”张云松说：“去了。手还要休养，听她说还是想回公司，总经理答应了。”赵娟点点头，说：“那太好了。这样的话她就能常来望花了。”张云松叹了口气：“也不知道好不好。上回她跟柳经理发生了冲突，如果回来，还不知道会怎样呢。”赵娟问怎么回事，张云松简略地说了一下。赵娟听罢，一时间也不知道怎么说好。

打好了饭，找了个位置相对而坐。两人吃吃饭，说说话。周遭的同事看见赵娟都打招呼，赵娟也一一笑着回应。张云松笑道：“你人缘可真好啊。”赵娟微微一笑：“你是在夸我吗？”张云松眼睛一瞪：“当然是夸你呀！”赵娟抬头看了一眼前头，温磊端着饭菜站定在那儿，直直地看着她这边。她脸莫名地发烧，低下头，继续跟张云松说话。他还站在那儿。他走动了。他往她这边走来。张云松说什么，她都没有听清。她眼见着他走过来，站在她和张云松中间。张云松奇怪地看了看赵娟，又抬头看看那个男人，便问：“这位是？”赵娟坐在那儿，冷冷地说：“我同事，温磊。”张云松起身笑道：“你好你好。”说着伸手过去。温磊没有回应他，只是拿眼睛盯着赵娟。张云松尴尬地站在那儿，坐也不是，说话也不是。赵娟说：“这是我们广告公司的小张，今天来采访的。”温磊向张云松点了一下头，冷冷地说了句：“幸会。”说着端着饭菜走开了。张云松一头雾水：“那人怎么回事啊？”赵娟手托着脸，筷子一下一下拨弄着饭菜：“别理他。”

你有什么资格甩我脸色看？你跟我有什么关系？你有什么权利干涉我的生活？她心里一直跳着这几句问话。张云松问她：“你怎么了？”他真是个敏感的人啊，自己这点儿情绪他都感受到了。“吃饱了，撑着了！”赵娟笑着说。下午，要带张云松去六厂拍照，采访其他六厂员工，收集厂长的先进事迹。忙到下午五点多，到了吃晚饭的点儿。赵妈打来电话问晚上想吃什么，她说要陪客户就不回去吃了。赵妈追问：“客户是男的还是女的？”赵娟说：“男的。”赵妈又问：“多大年纪？干什么的？叫什么？”赵娟听得直冒火，便说：“客户在等着我，不说了。”说完就挂掉了。

张云松说："你回去吃吧。不用陪我，我自己随便解决一下就好了。"赵娟笑道："那哪儿行？好不容易来一趟望花，我得尽尽地主之谊。我带你去小吃一条街那里吃吧。"张云松说好。

反正也不急，一路慢慢走过去。天光一点点收起，夜色渐浓。赵娟走得慢，张云松就放慢脚步，跟她并排走。大街上那些下班的人，他们都看到了；那些商铺的人，那些吃完饭散步的人，他们都看到了。他们一边跟她打招呼，一边迟疑地看看张云松。她不管，她就是要靠着张云松走，谈谈笑笑，无所忌惮。他们跟自己有什么关系？他们有什么权利评论自己的生活？张云松显然很兴奋，他说起话来滔滔不绝。他说起毕业最后一个晚上的狂欢，大家在宿舍把被子啊杯子啊开水壶啊都纷纷往地上砸，几个室友一起唱歌一起痛哭；他说起送走一个个室友，心里很不是滋味，在火车站候车厅坐了一下午。这些事情她都喜欢听他讲，他讲的时候那股认真劲儿，是好看的，甚至有些迷人。尤其是他的眼睛，说到兴奋处真的在发光。

走到望花桥那里，他们又一次停下来。天空辽阔，望花河流淌的水声，听来分外真切。张云松深呼吸了一口气：

“我很喜欢望花河。”赵娟笑道：“我倒是更喜欢汉江。”张云松转头去看她：“为什么呢？”赵娟想了想，说：“因为它不是望花河。”张云松无奈地摇摇头，笑道：“不懂你说什么了。”赵娟笑笑，没有说话。张云松又说：“这次来，我感觉你憔悴多了。”赵娟看着远处挖沙船亮起的灯火：“大概是因为工作忙吧。”她知道张云松在看自己，又说：“不要老说我，你以后打算怎么办？”张云松想了想，说：“我们以前也说过这个，那次在车站时记得吧？我也不知道怎么办。唐姐让我多积累工作经验，以后到大城市上去发展。”赵娟点点头：“去吧。趁着年轻，去吧！”张云松笑了笑：“你也是啊！”贴着桥栏的那块凉沁沁的，毕竟是到了夜晚。

转头看看望花酒楼那边，赵娟突然说：“小吃街那里太远了，我们去望花酒楼好了。”张云松迟疑地看看她：“上次不是说……”赵娟摇摇头：“怕什么！那里剁椒鱼头好吃。”张云松说好。两人到了望花酒楼，服务员忙跑进去说：“琴姐，娟儿来了。”琴姐从柜台那边迎了出来，见到张云松，愣了一下。赵娟说：“琴姐，这位你还记得吗？上次来吃过饭的。”琴姐上下快速地打量了一下张云松，笑说：“记得记得，欢迎欢迎。”赵娟还是选了上次跟张云松吃饭的那个靠窗的位置，点完菜，继续说说笑笑。她知道琴姐在看她，也知道她肯定会给温磊通风报信，越是这样她越要高高兴兴地跟张云松说话。她从来没有笑得这么大声，可是她放松不了，身子一直绷得很紧，肩胛骨和胃都很疼。张云松笑着说：“从来没见你这么开心过。”赵娟把鱼块夹到他碗里：“这个很好吃。你尝尝。”说着转头冲着琴姐大声说：“琴姐，今天鱼真不错！”琴姐笑回道：“好吃就多吃！”

吃完饭，赵娟结的账，琴姐也没说要打八折。出了酒楼大门，终于有风吹来，人都晕晕的。表演完毕，她感觉身子骨一下垮塌下来，吃下去的东西都想吐出来。张云松依旧兴高采烈地说话，她始终保持微笑。她心里忽然想起之前告状的事情，这次肯定也会这样——张云松的日子又要不好过了。该死。她刚才完全没有想到这点——她这样会害了他的。她利用了他。她逞一时之气，把一切都搞砸了。往前走，上望花桥，过广场，大妈们在那里聚集起来跳广场舞。她看见妈妈就在里面。她想躲开，可是妈妈已经看见她了。妈妈大声地喊道：“娟儿！”她跟张云松说："那是我妈。"赵妈一路快走过来，张云松笑着说："伯母好。"赵妈不客气地上下打量了一番他，冷冷地说了句："你好。"说着转头去盯着赵娟，命令道："跟我回去。"广场上那些大妈往这边看，赵娟说："我先送他回招待所。"张云松忙说："不用了。我自己回就好了，我知道路的。"赵妈瞅了一眼他，又伸手去拉赵娟的手。赵娟想缩手，还是被钳住了。赵娟忙对张云松说："真不好意思，你先回。"张云松说好，匆匆地走开了。

十一

赵妈一边拉着赵娟往回走，一边低声骂道："太不要脸了你！"赵娟回道："我哪里不要脸了？"赵妈啪的一下，扇了她一耳光："你嫌丢脸丢得不够大是不是？"赵娟一下蒙住了，她看着妈妈那张阴沉的脸上嘴唇紧抿，眼睛里满是嫌恶，忽然觉得这是一个陌生的人，她完全不认识了。她反抗着这个人的拉扯，依旧抵不过那股狠命的力量。小区门口到了，住宅楼进去了，一层又一层楼也上去了，家门打开，灯光雪亮，砰的一声门又关上了。爸爸坐在桌前，抬头看她，又低下头，没有像以往那样，只要她跟妈妈起了争执，他总是第一时间去协调。他没有。“整个望花镇的人都看见你跟那个人有说有笑的，”妈妈杵在她面前，气恨地说，“我还不相信。太丢人了！”赵娟缓了过来，冷冷地说：“这是我自己的事情。”脸上那个巴掌打过的地方，火辣辣地生疼。赵妈还没开腔，赵爸说：“那你跟温磊的事情，怎么办？”赵娟平静地回答：“我跟他本来就没有什么事情，是你们一厢情愿的。”赵妈又要甩耳光过来，被赵爸拉住。“别动气别动气，坐好坐好。”

赵娟对眼前这两人，忽然间有一种由来已久的憎恨，还有这间逼仄的房子，这里的一切物件，她都憎恨。她转身往大门口去：“我要走。”赵妈吼道：“你要去哪儿？”赵娟不去理，伸手去开门。门怎么也不开，她拿脚去狠命地踢。赵妈过来拉：“你疯了是不是？”赵娟一把把她推开，锐声喊道：“不要碰我！”赵妈没站稳，先是撞到墙上，后又撞到房门，最终一屁股倒在地上。门开了，她要跑开。赵爸喊她：“娟儿，别走！”赵娟听那叫声不对，回头去看。妈妈被爸爸抱着，脸色发白，呼吸也跟不上来。她一下子清醒过来，赶紧跑了过去。赵爸说：“来，把你妈抱到床上去。”两人合力抬起赵妈，身子很重，抬起来很吃力。抬上床后，赵娟又去找药，让她服用。顺了好久，赵妈终于能正常呼吸了。她抬眼瞅了一眼赵娟，扭头过去。赵爸说：“你去休息吧。”赵娟说好，起身去了自己的房间。

我都做了些什么？她坐在床上，听着隔壁的动静，无时不刻地在想。她害了妈妈，害了张云松，也害了温磊。她没法再坐下去了，她绕着房间转圈。她听到妈妈喘气不顺的呻吟声，也听到爸爸细声细语的劝慰声。他们现在不想看到她这个人。可恶。可恶。她对自己充满了厌恶感。脸上被打的那边，麻酥的疼痛感渐渐钝了下去，而心里那种疼痛感却猛烈了起来。她听到妈妈说：“我要叫磊子过来，跟他解释清楚。”爸爸说：“这么晚了，人家都睡了。”妈妈又说：“我难受死了。”爸爸安慰道：“别动气。明天我们上医院检查一下。”她又一次躺在床上，静静地听他们说着话，蒙眬间竟然睡着了。再次醒来，是爸爸推她，他神色很慌张。“你妈看起来，情况不太好。”赵娟一下子坐起来：“我去看看。”她奔过去，妈妈呼吸又一次不顺畅起来，有时候连呼吸都不能进行。赵爸说：“我打电话叫磊子过来了，你妈妈一直想见他。”赵娟跺脚：“叫他干什么？赶紧打 120！”赵爸说好好好，往放电话的地方走，赵娟等不及了，拿起手机直接拨打了 120。

等 120 来的时候，温磊过来了。他连带把望花镇卫生所的医生都带来了，医生看了看赵妈的情况，做了些简单的治疗，情况开始好了些。温磊问医生：“还要不要去医院？”医生说：“看这情况，还是去医院的好。”温磊又问：“去哪里的医院更合适？”医生说：“先送到县立医院吧。”120 救护车过来，温磊把赵妈抱了下去，送到救护车上。赵娟和赵爸都跟了去。到了医院后，把赵妈送到急诊室。温磊又去忙着各种住院的手续，赵娟和赵爸两人都听他的安排，等候在那儿就可以了。赵爸不停地走动，赵娟坐在那里发愣，而妈妈还在急诊室抢救。温磊从走廊那边快步地走了过来，他的手上拿着买来的煎饼和豆浆。“你们先吃点儿，垫垫肚子。”说着一份递给赵爸，一份递给赵娟。赵爸谢了又谢，喃喃地说：“这次真是多亏了你！”说着又往急诊室看去。“希望这次挺过去，每次都能挺过去的。”

赵娟知道温磊走到了自己的面前，她低着头，手上拿着的煎饼还是热的。温磊柔柔地说了一句：“伯母会没事的。”赵娟嗯了一声，依旧低着头。温磊又说：“趁热吃吧，别饿着了。”赵娟听话地拿起煎饼，小小地咬了一口，眼泪扑簌扑簌落下。温磊又递来纸巾，赵娟没有接，她转身跑到女卫生间里去。打开水龙头，一遍又一遍用冷水冲刷自己的脸。再一次抬头看镜子里的脸，眼睛红肿，头发蓬乱，她扭头不去看。走到卫生间的窗口，天一点点亮了，城市浮现出了朦胧的轮廓，空旷的马路上渐渐有了稀疏的车流。她脑海中突然跳出一个名字：张云松。他应该还在望花的招待所睡觉。她很想给他打个电话，或者发条短信，可是她说什么好呢。她不知道。哭了一场后，她的脑袋里空空的。她也不知道妈妈怎么样了，简直不能想。赵娟。赵娟。赵娟。她听到爸爸叫唤的声音。她答应了一声。她不知道出去后会得到什么样的消息，也不敢多想。走出去之前，她看见太阳从楼群后方跳出来了，一束阳光斜斜地照了过来。新的一天开始了，新鲜的阳光又一次普照整个城市。赵娟心头突然跳出了这样一句话来：也许一切都会好起来的。这句自我安慰的话让她莫名地镇定了下来。她又一次到了盥洗台前，冲了冲脸，理了理头发，深呼吸了一口，便往门口走去。

第三部

一

张云松出了招待所的门口，赵娟并没有等在那里。打了几次电话她没接，发了几条短信她也没回，真不知道发生了什么事情。她住的那个小区门口，拥出一拨拨骑着自行车和电动车去酒厂上班的人，站在那里看了半天，并没有她。看来只能去酒厂等她。他先去之前赵娟带他吃早餐的那家早点铺，就在招待所的前面，要了两根油条和一碗豆腐脑。一早起来就有点儿头疼，勉强吃了一根油条，只想干呕。望花河就在门口，天空阴沉，豆绿色的河水缓缓流淌，一只机动船噗噗地穿过望花桥。河畔的石阶上，几个妇人正在一边洗衣服，一边说话。对岸的望花酒楼还没有开门，昨晚跟赵娟吃饭的那个位置已经拉上了竹帘，看不到了。一想到昨晚，张云松自己都有点儿吓到了。那个应该是赵娟妈妈的女人，对赵娟可真凶。他走到招待所门口时，转头正好看到那女人扇了赵娟一耳光，他当时就想冲过去。可那是人家妈妈，他不好去干涉，他只能看着她妈妈把她拉进小区，而他一点儿办法都没有。他不知道这中间发生了什么事情，隐隐约约的，好像与自己有关。

望花街上，店铺都早早地开门了。果脯店、山货店、板栗铺、奶茶坊，都亮起了各自的招牌，最多的还是酒铺，乌沉沉的店铺里一大缸一大缸都是自酿的高粱酒，看来酒厂也不能夺走他们的生意。小镇几乎没有高楼，一眼看过去，都是二楼瓷砖小楼，最高的还是酒厂那个大烟囱。张云松想起赵娟的爸爸就是在锅炉房工作，现在那烟囱还冒着烟呢。越往酒厂那边走，酒糟味儿就越浓。路上的人都穿着酒厂的制服，下晚班的回家了，上早班的进厂门了。两拨人神态都是不同的：下晚班的那拨人眼袋沉重，无精打采，踩着自行车的力道也是有一下没一下；而上早班的，精神抖擞，碰到迎面来的那些上晚班的，高声地打着招呼，丁零零地按响车铃。张云松进厂门的时候，广场一侧的停车棚热热闹闹的。

上了办公楼的二楼，宣传科的办公室门大敞，王经理正坐在座位上看报纸，抬头见是他，便问："赵娟呢？"张云松笑笑说："我也不知道。我还以为她已经来了。"王经理皱起眉头，瞅了他一眼："你采访结束了吧？"张云松点点头，说："是的。待会儿我就回市里了。如果赵娟来了……"说到这儿，他略有迟疑，不知道让王经理代他转话合不合适。王经理又瞅了他一眼，等他把话说完。他蓦然红了脸，一时语塞。心里这么想着，可是他不知道怎么把话接下去。电话响了，王经理伸手去接电话。他等在一侧，王经理那一口流利的望花方言，他一句也听不懂。放下电话，王经理起身要去倒水，看见他还在，脸上露出吓了一跳的神情。"你还在啊？"张云松尴尬地笑了笑，忙说："王经理，你忙。我先走了。"说着往门外走，又碰到了迎面走来的人，他又连忙道歉。愚蠢。真是愚蠢。重新站在广场上，他脸依旧在发烫。

王经理从楼上下来时，装作没有看见他，转身往厂区走去。他站在走廊下，办公楼那些来来去去的人也没有人看他一眼。一只土狗，从厂区那边慢腾腾地走过来，在走廊前头的花坛边撒了一泡尿，又慢腾腾地往门卫室走去。没有赵娟，他在酒厂就像是空气一样，没有人把他当回事。

他左手抠着右手手指上的死皮，换了不同的站姿，依旧累得不行。的确是有些感冒了，很想找个凳子坐下来。但办公室肯定是不能再进去了，只好继续熬。赵司机还不来，他不敢打电话去催。公司那些人，个个是他的前辈，他有什么资格使唤人家？开始下雨了，细细蒙蒙的，水泥广场上呈现出黑沉沉的色调。门卫室的大爷走了出来，瞟了一眼，抬头喊道："娟儿！今天的信件还没拿呢。"没有任何回应。大爷又低头慢慢地往门卫室走，嘴里咕哝着什么。张云松说："她今天没来。"大爷回头再次瞟了他一眼，没有说话，继续往前走。张云松讪讪地笑了笑。

等了一个小时，赵司机才赶了过来。不用猜，又是堵在了邓家铺。赵司机坐在驾驶座上冲他笑，他简直像是见了亲人一样地想哭。上了副驾驶，车子转了个头，出了厂门，又一次来到了望花街。一想到可以回市里，心里轻快了很多。雨不大不小地下着，天空灰黑色的云层罩在头顶。过望花桥，又过了赵娟住的小区，一眨眼上了省道。赵司机抽烟，张云松也要了一根。赵司机瞅了他一眼："没想到你也抽烟啊？"张云松吸了一口，呛着了。"偶尔吸吸玩。"他说。赵司机打开音乐，喧嚣震耳的乐声像是强有力的手把他从低沉的心境中拎出来。跟上次走完全不同，这次几乎是逃出来的心情。赵娟至今没有给他任何回复，他只能等。昨天，她多开心，从来没见过她那么开怀大笑过，手拍在桌子上，脸上都是笑意。如果没有最后那一幕，那该是完美的一天。赵司机往窗外吐了一口痰："妈的，一到邓家铺，我就腿哆嗦。"张云松点点头。果然又堵。雨点噼里啪啦地击打着车顶，车厢里满是湿臭的气味，人简直像是被套在臭袜子里似的。赵司机把车座放倒，呼呼大睡。而他想把车窗打开，又怕雨飞溅进来。头摸起来有些发烫，感觉昏沉沉的，老是想吐。

好容易进了市区，小雨变成了暴雨，兜头给了这个城市一个好看。不到半天，整个城市的街道又是一片汪洋。浑浊的黄水奔涌在街头，漫过了公交站台，漫过了人的小腿。这他妈修路的人是怎么修的？张云松在心里狠狠地骂道。赵司机说这水太深，没法开了。张云松看看离自己住的地方不远，就决定下来走回去。赵司机说："这哪儿行？雨还这么大。"张云松记挂着租房恐怕又要漏水了，还是赶紧回去的好，便说："没事的，我快点走就可以了。"说着就开门下了车。天一下子亮得出奇，白惨惨的，如死人的面孔挂在灰暗的城市上空。张云松被这场雨淋得精湿。暴雨倾下来时，他就站在大街的中央。他的身子被砸得生疼，可是一阵奇异的快感也随之而来。这种快感让他痛快，一天积压的闷气也随之发泄了出来。一辆大众车吭哧哧地轧过来，溅起的水花，喷了张云松一嘴。

水又到了膝盖那里，走起路来十分困难。好容易涉过滨江广场，进了城中村，转过一条小巷，在巷头的公共厕所边转弯，有一栋四层小楼，楼梯口灰白的墙面涂抹了办证的电话号码。这些密密麻麻的数字，在雨水的泼淋下，越发地黑亮起来。张云松觉得这墙壁宛如粘满厕所里出来的黑头苍蝇，让人恶心。他住在三楼。上楼梯的时候，他碰到了女房东。张云松想这几天怎么这么倒霉，不想碰到的人都给碰上了！女房东说话像是打机枪，直截了当："我说你房租都超一个星期没交了，你到底还想不想住啊？"张云松一时间无话可答，沉默了一会儿，禁不住打了几个喷嚏。这个时候，才发现全身冷得发抖。打喷嚏时，女房东连忙躲过去，她皱着眉头，上下打量了一下张云松："你咋搞的？出门没带伞？"一边说话一边咯噔噔地下楼去了。张云松突然间眼眶湿润了，女房东这句问话让他觉得莫名地暖和。过道上一阵风袭来，张云松顿时冷得发抖。他赶紧跑上楼去。

房间一股子扑鼻而来的霉味。去望花的时候忘关窗子了，靠在窗子边上的床，全都被淋湿了。床头的桌子上放着的几本书，也汪在水里。刚有些暖意的心，一下子冰冷了。这晚上怎么睡？被子、床单、枕头，都被淋了，总共也就这一套，连换的都没有了。墙角和屋子中间都积水了。还有天花板，从楼上漏下来的水正沿着墙壁滑下。又跟那天晚上一样。他木立在房间里，突然抓起湿透了的被子，裹在身上。冷，还是冷。被子沉沉的都是水汽，那每一缕水汽就像一只小手紧紧掐着身子。张云松控制不住了，他坐在床上，把被子裹得紧紧的，又把湿棉絮、枕头全揽在身上。一阵奇异的冷与热涌上全身。头很痛，身上烫，牙齿在打战，张开嘴，嗓子却被紧紧地扼着，发不出一点声音。估摸是发烧了。他紧绷的身子哆哆嗦嗦地松弛下来。裹在身上的被褥掉在地上。窗口的风扑过来，身子却越来越烫了，像燃烧的冰块。张云松抬起酸痛的手，吃力地把窗子关上。

透过窗外，迷蒙的远处是雨花飞溅的汉江。浓厚的乌云贴着汉江飞窜。荧荧的灯火，闪烁在河边。河对岸的鹿子山好像一下子长高了，黑棱棱地直顶到天上去。起身打开衣柜，雨水居然还没有渗进去，赵娟给他买的蚕丝被一直没舍得用，还在那里好好的。他转身吃力地把床往中间不漏水的地方拉，被子、枕头也卷了起来，再去把两床蚕丝被拿了出来放上去。这时，他想起该换衣服了。他艰难地脱下上衣、裤子、内裤，一件件平时脱起来极其简单而今却这么困难。手没有劲儿，身子软绵绵的。开始的痛感没有了，现在竟是一种火热的平静，像飘在云端一样。穿衣镜子里的人，是他吗？赤裸的，枯瘦的，佝偻的，宛如苍老的乞丐。全身是苍白的，唯有脸却是红艳艳的灼人。他再次坐在床上，把蚕丝被裹在身上，那种干燥的温暖感涌上全身。

二

原本以为巷道还会像上次一样积水，下楼一看却是干的。天空湛蓝无云，阳光热烈地铺洒在城中村高低错落的平顶上。一晚上没怎么睡踏实，烧虽然退了些，身子骨还是疼，走路十分没劲儿。好容易挨到公司，蒋芸说：“你的脸色好苍白啊。是不是生病了？”张云松笑了笑说：“没事。就是有点儿感冒了。”蒋芸把自己常备的感冒药递给他，让他赶紧吃上一两粒。因为还是觉得恶心，早上也没有吃早餐。同事们一个个都进来了，纷纷说今天天气可真热，连柳经理都穿上了短袖，脸上都是汗。唯独他还是长袖，即便如此，还是觉得一阵一阵发冷。柳经理把空调打开了，房间一点点冷却下来，冰凉的风刃向他的脖子上切了过来。他很后悔没有带厚的衣服来穿上。他抬头看空调的位置，正好在柳经理的侧边靠墙的位置，风向正好向着自己。他很想过去把空调的温度调高，哪怕让风叶往上也可以，可是这怎么能说得出口呢。不能因为自己一个人就搞特殊，更何况柳经理坐在那儿。

熬到中午，实在是扛不住了，他向柳经理请假去医院。柳经理看看他的脸，把假条批了，递过去的时候说：“下午总经理本来要找你谈话的。等你好了再说吧。”张云松心里一沉，不知道又有什么事情在等着自己。柳经理把假条放在他的手边：“快去医院吧。”走到门口时，头一阵犯晕，差点儿要跌倒了，正好要进门的张总扶住他：“小张，你没事吧？”张云松虚弱地笑笑说没事。张总打量了一下他的脸色：“我开车送你去医院吧。”张云松忙说不用。这时，总经理从办公室探出头来，叫张总和柳经理过来开会。张总忙说好，临走前他又看了看张云松：“真没事是吧？”见他点头，就匆匆往总经理办公室去了。电梯慢得出奇，好容易等到了，出了门，等去市立医院的公交车，又是慢得出奇。时间像是陷入了淤泥中，根本走不动了。风一吹，他都在哆嗦。脸上不断冒汗，浑身起鸡皮疙瘩。坐上了公交车，车子一开动，他又差点儿吐了出来。

市立医院大厅挂号的队伍，一直从窗口排到了门口。张云松腿已经酸软无力了，不能站，只能蹲着，到后来连蹲着都不行，只好坐在地上。他的头像是置于火炉之中，烧得意识都模糊了。他把头埋在自己的两腿之间。前面的队伍每缩短一些，后面就有人拿脚踢他，他又往前挪一点。排了近两个小时的队，轮到他时，他半天没有起来，旁边的保安看不过去，把他扶了起来。挂号的工作人员问他挂什么科，他张口半天说不出话来，只好指指头用力吐出一个词：“发烧。”要去的科室在六楼，又是等电梯，电梯偏偏总是不来，他靠在电梯边的墙上，让滚烫的头贴着冰凉的墙体。好容易挤进了电梯，每一层都有人要出去，又有人要进来。到了六楼，候诊室的排椅上坐满了人。他找了个位置坐下，靠在那儿昏沉沉地睡了过去。忽然间有人喊他的名字。张云松。张云松。张云松在不在？他从迷梦中挣扎了出来，喊了声：“在！”起身起不来，再次起身又跌了下去，有护士跑过来扶着他去了医生那里。一量体温，四十摄氏度高烧，医生说这种情况要赶紧打吊针。开好了诊断单，又要下去交钱。又要等电梯，又是一大堆人进进出出。他此刻很想找张床睡死过去，而不是在这里苦等。终于到了收费处，继续是长长的排队，一个小时过去后排到他，一看要交五百多，张云松喏喏地说了声对不起，退了出来。

出门看已经是傍晚了，阳光收敛了好多，一轮落日挂在医院重症楼的一侧。一下午一直都在等待，轰轰烈烈的高烧后，身子虚脱得快要飘了起来。他走不了，坐在医院前门的台阶上。身边人走来走去，急救车呜呜呜地开过来，浑身是血的病人被医护人员急匆匆地送了进去。他只能回去，五百块钱肯定是交不起的。他希望烧自己能退下来，要不他也办法了。渴的感觉分外强烈，喉咙里简直干得要烧起来。可是到哪里去买水喝呢？他走不了那么长的路去超市。每一个来医院的病人几乎都是有人陪着的，他们小心翼翼地搀扶着生病的亲友。天一点点黑了下来，他把自己紧紧地拘在一起。医院门前的大街上，下班的人流从面前淌走。他想，要是此刻走到马路中央，让车子撞死，也比现在强多了吧。

有人在拍他的肩，他以为是自己的幻觉。等了等，那人继续在拍。他迟缓地抬起头看，一个陌生的男人站在那儿盯着他。“果然是你呀！我没看错。”见张云松疑惑地看着他，他忙说：“我是唐洁的爱人柯林，你还记得吗？”张云松想起来了，忙点头。柯林问：“你怎么在这儿，是有亲人朋友生病了？”张云松摇摇头，艰难地说了一个字“水”。柯林疑惑地问：“水？你想喝水？”见张云松点头，便说：“水呀！我有。”说着从提包里拿出一瓶矿泉水递给他。张云松手哆哆嗦嗦地接过来，扭不动瓶盖，柯林把瓶盖拧开，把水递给他。他咕咚咕咚，一口气喝净了。柯林诧异地仔细看了看他。“你脸色很不好。”说着摸摸他额头，“很烫呐！你看医生了吗？”张云松点点头。柯林看到他手中拿的会诊单，接过来细细看了一遍，又问他：“你怎么还坐在这儿，应该赶快去打吊针啊。”张云松摇摇头，又靠在了柱子上。柯林蹲下来，捏着他的手问：“你是不是没带钱？”见张云松不语，便扶起他往大厅里走。“你在先坐在这儿等着，我去帮你把钱交了。”张云松哑着嗓子说：“不用了。”柯林没理会，往收费处跑去，幸好此时人不算多，交完费，又过来扶他去专门挂点滴的地方。

不知道睡了多久，蒙眬之际听到有人在说话，睁开眼看，唐洁和赵娟都坐在那里。他要起身，唐洁忙说：“别动，小心针。”吊针还没打完，衣服已经湿透了，身子也轻快了好多。赵娟摸了摸他的头，对唐洁说：“退烧了。”唐洁那只撞断的手还是挂在绷带里，她凑了过来，也来摸摸他的头，点头笑道：“果然是退了。饿不饿？”这么一说，张云松果然觉得有些饿了。赵娟起身说：“我去买点儿吃的来。”说着向张云松笑了笑，就走开了。这一切都不像是真的。他不知道现在是白天还是黑夜，也不知道为什么她们两位会在这儿。他脑子里空空如也，胃里面也是空空如也。唐洁一直凝视着他，眼睛里是湿润的。“你真是傻！都烧到四十度了，还硬扛着。没钱打电话给我们啊。”见张云松咧嘴笑，叹了口气，“你柯林哥本来是来照料我爸的，你说要是没有碰到你柯林哥，你就真这样硬烧着呀？”张云松抬头看那吊瓶，还有一大半，他又看唐洁：“唐姐，钱等我好了后还给你们。”唐洁扬扬手：“去去去，提什么钱。不要再提了。”张云松停顿了半晌，问：“赵娟怎么会在这儿？”唐洁说：“也是碰巧，我爸爸不是在重症室吗？在那边走廊上，就碰到了她。她妈妈心脏病发作，送过来救治。”

过了二十来分钟，赵娟拎着一袋子盒饭，放在床边的柜子上。现在在打吊针，没法自己吃。赵娟小心帮他扶起来，把枕头搁在他身后，让他再靠上去。安顿好后，打开盒饭盖，一盒子青菜木耳，一盒子白米饭，赵娟拿起筷子喂他。他忙说：“哎呀，我自己能吃。”唐洁笑道：“你还害羞！难得有人这么服侍你。”赵娟递了一口饭过来，他只好张口接住了。几天不见，她一下子消瘦了这么多，脸色暗淡，眼袋沉重，眼睛里都是血丝。她怎么会在这儿？怎么会变成这个样子了？他想问，又不知道如何问起。菜和饭吃起来都是苦的，实在难以下咽。他知道这是发烧的后遗症。赵娟一边给他喂饭，一边跟唐洁说话。唐洁问她：“你妈妈现在究竟怎么样了？”赵娟小声地说：“在县立医院抢救了过来，那边医生说虽然如此，也还是让我们转送到市立医院来。所以今天我们就过来了。”赵娟又问唐洁爸爸的病情，唐洁把张云松盖的薄被子抻了抻：“还能怎样？都两次化疗了，癌细胞已经转移了。”两人一时无语。唐洁又问：“我在走廊上看到有个年轻的男人一直在你边上，那人是？”赵娟的脸忽地红了：“一个朋友。”唐洁笑笑，说：“我看这朋友不是一般的朋友嘛。”赵娟没有去看唐洁：“对我来说，就是个一般的朋友。”

喂完了饭，赵娟又端来水给他喝。张云松问：“我发的短信你看到了吗？”赵娟把喝好的水杯放在桌上说：“来得匆忙，手机忘带了。”张云松点点头：“我还以为出什么事情了呢。”赵娟低头不语。张云松细细地看她，她的头发有些蓬乱，手臂上还有掐痕，不知道是她妈妈掐的还是自己掐的。唐洁说：“赵娟，已经很晚了。我们得走了。”赵娟站起身，扫了他一眼，急匆匆地说：“你好好休息。我走了。”她的声音不似原来那样从容淡定，显得虚弱无力。张云松忍不住问了声：“你还好吧？”赵娟扭头看对面的墙，小声地说：“今天太晚了，你要在这儿住一晚。明天上午你还需要挂水，到时候再来看你。”张云松说好。唐洁说：“忘了忘了，他要睡觉的，帮他放下来吧。”赵娟又过来帮他，她的手扶着他的背，让他躺下。他看她的脸，而她的眼睛却躲着。安顿好后，赵娟和唐洁让他好好休息，就一起走了。

睡不着，病房里一直有人在哎哟哎哟地呻吟。点滴快挂完了，他起身叫护士来，没有人搭理，血都倒输到瓶子里去了。没办法，他自己把针头给拔了下来，用力按住手背上的针口。一泡尿早憋得不行，得赶紧去释放一下。起床猛了，头一阵犯晕，停了半晌才好些。走路的力气都没有了，只好挨挨蹭蹭地往卫生间那边靠。走廊上的灯光，白亮亮的一片，分外刺眼。上完卫生间，走到走廊尽头，吹来一阵极温柔的晚风。身子本来就已经出汗了，经风一吹，人也惬意了好多。楼下是医院的小广场，现在空空荡荡的，只有路灯还在亮着。一只猫从灌木丛中钻出来，穿过整个广场，往那头奔去了。而对面是重症楼，很多病房的灯还是亮着的。也许今夜那里就有人离开这个世界，亲人在一旁哭泣。但愿没有这个也许，赵娟在那儿，唐洁也在那儿。不知道她们现在是守候在重病亲人的床边，还是陪床睡着了。等自己好彻底，也该去看望一下她们的家人。有护士跑过来，说："吓我一跳，还以为你走了呢。别这么吹风了，该回去休息了。”他回头说好，又慢慢地往病房走去。

三

注射室等叫号进入。两名护士坐在注射室的门边，每一个被叫号的人进去先到她们那边扎好针，然后自己或者由亲友拿着药水瓶，走到一边去挂水。此时，一个年轻的男人扎好针，刚站起来，一下子倒在地上。张云松亲眼看到这一幕，心里猛地一揪。护士跑过来，解开他的衣扣，男人的亲人和护士把他搀起来。男人走了几步，突然脚好似被猛击了一般折下去。张云松再也忍不住，眼泪一下子涨满了眼眶。他不明白自己为什么忽然间这么难受。他坐在外面的铁椅上，用手把脸蒙住，眼泪要流就流吧。他想起昨天自己一个人曾经拿着诊断的单子走出医院，外面的阳光、灰尘、人流、车流，一切沸沸腾腾，而他内心中充满了绝望感，就好像你跟这个世界隔了一层薄膜，不再有希望，不再有未来。这个男人在这样的时刻倒地，然后被搀扶，放在推拉床上，心里可能也是被一种绝望的哀伤笼罩着吧。如果没有碰到柯林哥，他难以想象自己现在会是怎样。

一早上，张云松被这种自哀的情绪笼罩着。我们还没有到身体衰败，感觉死亡一步步逼近的时刻，我们的皮肤紧致光滑，我们的心脏也蹦跳有力。我们的父母还都健在，我们的生活还有漫长的时光。所以我们还不能体会那种死亡一点点漫过头顶的逼迫感。他想起自己的爷爷八十多岁的时候，天天害怕死后被火化。那个时候他抱着一种嘲笑的心态，觉得人都死了，火化不火化有什么关系。可是他现在能想到人快要死亡时的那种恐惧心理。想象自己身后，身子被火烧成一团灰，在爷爷看来无论如何都是可怕的事情。而爷爷住院时，总是问他自己会不会死，他只能干着急。他着急自己做不了什么，能让爷爷从孤独的恐惧中解脱出来。这种恐惧如此强大，以至于爷爷整个儿颓唐下来，好些染黑了的头发又花白了。面对死亡，每个人都是孤独的。赵娟和唐洁，现在恐怕最能体会这种无能为力的心情吧。

挂了一瓶水后，又换了一瓶继续挂。柯林拎着一袋子包子和一杯豆浆过来。“怎么样？好些了吗？”张云松说：

“好多了。真是太感谢你了。”柯林摇摇手让他别这么客气，又去摸摸他的额头，点点头。“的确是退烧了。唐洁下午会过来，不过那时候你就可以回家休息了。”说着把早餐递给了他。正吃着，赵娟也拎着一袋子包子过来，柯林笑道：“巧了，跟我是在一个包子铺买的吧？”赵娟笑着跟柯林打了个招呼，又去看了一眼张云松：“我来晚一步了。不过，你可以吃两份嘛。”张云松忙点头说：“没问题。我吃得下！”柯林起身说：“我得马上去我爸那边了，记得回去后吃点儿药。”说完就出去了。赵娟站在那里，见张云松看她，她低下头问：“昨晚睡得好吗？”张云松说：“好。你呢？”赵娟小声地说：“我也挺好的。”张云松看她的脚不安地在地上搓，又问：“你不要压力大，伯母会好起来的。”赵娟半晌不说话。

从注射室门口急匆匆走来一个男人，张云松抬头看他一眼，想起来他就是那天在食堂碰到的那个人，他也瞅了张云松一眼，又忙看赵娟：“娟儿，你妈醒过来了，想见你。”赵娟说好，跟那男人往门口走，走两步停下，跟他说：“磊子，你在外面等一下我。我说两句话就来。”温磊说好，就出去了。赵娟这次是直视着张云松。“你挂完水就回去了是吧？”见张云松点头说是，又说：“以后可能……”她又垂下眼帘。“你多保重吧。我走了。”说着忽地起身往外小跑。张云松喊了一声：“你也保重！”赵娟已经跟温磊走了。一滴，一滴，一滴，药液永无消歇似的坠入纤长的输液管中。药瓶渐空，扎进橡皮瓶盖的针头却吐出心形气泡，一颗，一颗，一颗，一瓶子的心。最后一滴滑落下去，药瓶空了。顿了几秒，暗红的血冲进输液管，倒抽了上来。“你这小伙子，药水输完了，你怎么不说一下？”护士忙跑过来换下空瓶，转身拿另外一瓶换上。

挂完水已经下午一点，走出医院大门，阳光正晒，马路对面的玻璃墙反射着炽亮的光芒。身子已经轻快很多了，虽然还是很虚弱，饥饿感却恢复了，该去附近找个餐馆打发一下。走到围墙边上，后头有人叫他，转身看去，是温磊。他一路小跑过来，额头上都是汗。“你好。能跟你谈谈吗？”张云松讶异地看看他，问：“谈什么？”温磊冷峻的目光盯着他：“关于赵娟的事情。”张云松扭过头去：“这有什么好谈的。”温磊笑笑，指了指马路对面的咖啡厅：“外面太晒，我们去那儿坐坐吧。”张云松说好。两人一路无话，在咖啡厅找了个位置坐下，点好了各自要的咖啡，温磊开口说："你知道我跟赵娟的关系吧？"见张云松摇摇头，噢了一声："那就不怪你了。"张云松把身子靠在软和的沙发上："你本来要怪我什么？"服务员端来了两杯卡布奇诺，分别放在两个人的面前。温磊拿着小勺子搅着咖啡，又瞥了一眼张云松："赵娟妈妈心脏病复发，跟你是有关系的。"张云松心里震动，他身子往前倾："真的？我又不认识她妈妈。"温磊冷冷地说道："赵娟为了你，把她妈妈推倒了。她妈妈本来心脏就不好，这么一刺激就病情复发了。你说跟你有没有关系？"

咖啡厅灯光调成复古的暗色调，人坐在里面像是陷入一种黏稠的往事之中。中央空调打开了，冷风又一次贴着身子走。张云松猛地喝了一口咖啡，已经半凉了，喝到嘴中像是吞吃了一块抹布。他没有想到赵娟会为了自己这样"疯狂"，这样的她，自己根本就没有见识过。"她真的是把她妈妈推倒了吗？"温磊不愿意再重复回答这个问题，只说："这次手术恐怕也要花上十万。"张云松心里一沉，说："我没有那么多钱。"温磊脸上的表情是冷笑，他把杯子放在桌上，直视张云松："这钱我会出的。这个就不用你操心了。"见张云松不语，他接着说："你也是刚大学毕业吧，这个时候应该好好工作，好好攒钱才是。谈恋爱可以晚点儿谈。”张云松听完，非常恼火：“我跟赵娟只是好朋友。”温磊点点头：“嗯，好朋友。如果只是好朋友，她会喂饭给你吃？会买早餐给你？你想得太简单了。”张云松立马反问过去：“这些你怎么知道？你跟踪她？”温磊喊了一声：“这个你不用管。我只是想忠告你：赵娟需要的是一个可以保护她的人，可以帮她照顾家人，让她不用为钱操心，还可以安安稳稳地过日子。这些你现在做得到吗？”张云松被“忠告”这个词给惹怒了，他猛地站起来：“我不想跟你说话了。”温磊追问了一句：“你在逃避我的问题。”张云松大口地吸气，依旧控制不住地发抖，他转过头来问：“你问过赵娟自己的感受吗？”温磊抬头盯着他，慢慢地说：“她的感受我比你懂。”张云松起身往外走。温磊追了上来：“以后你不要再骚扰她了！”张云松生平第一次感觉受到侮辱，他转头过来吼了一声：“去你妈的！”当时在咖啡厅的人都把目光投了过来，温磊愣了一下，喏喏地说：“好好说话嘛，干吗骂人？”

太过分太过分了。血直往头上涌，此刻只要给他一把刀，他就可以杀人。这种愤怒感对他来说是这么新鲜，让他全身发颤，拳头捏紧，眼睛喷火，同时伴随着隐隐的兴奋感。走过他身边的人几乎都能感觉到他的怒气，纷纷避让开来。他应该揍那个人一拳头的，再踢上他几脚。是的，狠狠地揍，狠狠地踢。但他知道他不敢。他没有打过架。他想往医院走去，赶紧找到赵娟，问问她的想法。这是个什么混蛋？居然冒出来警告他。而他居然浑身发抖，连个有力的反击都没有。自己还能干什么？愚蠢。妈的，太愚蠢了。可是走过去，一想到又会碰到温磊，他心里有些发怵。他又往回走。在大街上走了不知道多长时间，那股愤怒的火已经烧尽了，只剩下沮丧的灰烬。他跟赵娟究竟算什么关系呢？没有什么具体的名词来说明他们的关系。他喜欢跟赵娟一起散步，喜欢跟她一起吃饭，喜欢她说话时认真的神情，这些都算什么呢？他不懂。这方面自己就是一个白痴。如果吴鹏飞在的话，倒是可以问问他。可是如果赵娟跟这么一个混蛋在一起，会幸福吗？他觉得非常可疑。他突然站住，一辆电动车从他身边掠过去，真是把人吓一跳，他在心里骂了一句："神经病！"连一句骂人的话都说不出口，而电动车已经走远了。

现在走到了甘露街，狭窄的街道被法国梧桐的树荫笼罩，菜市场里买菜的人群进进出出。看天色已经是傍晚了，一位推着滚轮小拉车的大妈从面前走过，她已经买好了鲜肉、芹菜、香菇。她说了声“借过”，张云松赶紧让开道，让她过去。那大妈走路的姿势，拎菜的样子，都像极了自己的妈妈。妈妈现在也该在家里做饭了吧，而爸爸从棉花厂干完一天工后，正沿着小镇那条正街慢慢往家里走。一路上都会是熟人向他打招呼，他点头致意，嘴上永远叼着一根香烟。一回到家，他就什么也不做，坐在椅子上等妈妈端菜盛饭。他看不惯爸爸这一点，虽然他从来都不敢说。找工作的时候，爸爸跟他说过要不就回来，在小镇政府找个事情干干，反正可托二舅找找关系，兴许能安插进去。如果现在在家呢？妈妈会准备好晚饭，他可以玩玩电脑，不用担心房租和缺钱，也许现在有了对象，定了亲，来年就结婚了。他也许就像温磊那样，慢慢有了肚子，脸也胖了起来。

但他一口拒绝了，无法想象在一个四周全是熟人的世界里生活，早上见，中午见，晚上见，抬头不见低头见。他感觉会窒息的。真是矫情！那么多人都是这样生活的，也没觉得有什么不好。真是不懂。但他感觉自己能理解赵娟的难处了，也许她跟自己一样，都一心想逃出去，逃得远远的。但她无法从望花脱身，而他也无力让她脱身。他烦躁地跺跺脚，又继续往前走去。走到滨江广场那边，烧烤摊的香气扑面而来，肚子真是饿极了，摸摸身上，只剩下公交卡和五块钱。算了，不吃了，晚上还可以减减肥。一边往城中村走，他想象爸爸说话的口气。“你看看，叫你回来你不回来？现在知道外面辛苦了吧？”上次跟爸爸要钱的时候，他就是这种口气。张云松不会跟他说现在的境况的，打死都不说。

四

回到租房时，吴鹏飞和他女朋友张慧等在门口。张慧一见到张云松就说：“我还真以为你消失了呢。打你手机，都是关机状态。”张云松笑笑说：“手机没电了。”他往吴鹏飞肩头拍了一下，问：“你怎么回事啊？怎么又回来了？”吴鹏飞把拉杆箱竖起来，说：“哎呀，真是不想提了。先让我们进去吧。”打开门，是一股湿热的潮气。张慧呀了一声：“怎么房间里有积水？”张云松指了指四周的墙壁，张慧啧啧嘴：“是我不好，当时没有帮你看仔细。这房子太糟糕，还要六百块钱！”吴鹏飞把拉杆箱放到一边，跟张云松说：“晚上看来要收拾一下，我饿死了！咱们先出去吃饭吧。”张云松说好。下了楼，出了小巷，往滨江广场那边走。张慧在本地一个中学教书，家里托了各种关系，总算把她安插进去，还有了编制。现在她走路的样子都有了老师的范儿，个子不高，还有点儿胖，走起路来十分端正。吴鹏飞想牵她的手，她推了半天，勉强让他牵着。张云松笑道：“一段时间不见，倒生疏了哈。”张慧撇撇嘴，说：“都怪他。发短信他不回，电话也不常打。”吴鹏飞忙说：“哪有？工厂不准我们在上班期间用手机的。”张慧扭过头去，绷着脸说：“净找借口。”

穿过滨江广场，还是去的以前那家烧烤摊。汉江大桥亮起一条亮丽的光带，倒映在宽阔的江面上。吴鹏飞深呼吸了一口，说：“真是怪想念这里的气味。上次我们在这儿吃得太嗨了。”张云松点点头：“不知道张正华和李玉生现在怎么样了？”吴鹏飞摸出手机说：“打电话给他们呗。”张慧拍了一下他的手：“你现在用的不是本地号，用我的手机打吧。”吴鹏飞说好，接过张慧的手机。先打给张正华，他还在他姐姐那儿住着，先去了一家房地产公司做文案，做了一个月就被辞退了，现在还在找工作。再打给李玉生，他在广州跟他的堂兄一起做花店，说不了几句，他就要忙去了。挂了电话，张云松问："那你呢？怎么这么快就回来了？"吴鹏飞喝了一口啤酒，摇摇头说："我去的那家工厂，是干建材的。我们这些大学生，名义上都是储备干部，其实做的跟普工一样的活。每天八点就要站在流水线上翻弄板子，一直搞到晚上八点。一个月工资才千把块！迟到了还要扣钱，一次扣五十。妈的，扣了我三四百。"张慧瞅了他一眼："你怎么跟大学时一样，这么爱迟到？"吴鹏飞把杯子往桌子上一顿："我乐意迟到，怎么着？"张慧气恨地扭过头去。张云松忙说："好好说话，怎么就吵起来了。那你打算怎么办？"吴鹏飞摇摇头，看着江面："先在你这儿借住几天吧，再找找看。"

吃完饭，结账的时候，张云松觉得这餐肯定是他请。吃了五十多块钱，自己付不起。他尴尬地坐在座位上，看吴鹏飞起身去跟老板结账。张慧忙着要回学校了。张云松说："又不晚，再玩玩。"张慧瞥了一眼吴鹏飞，说："我还是回去吧。晚上还要备课。"吴鹏飞站在那儿，低头看自己的脚，张云松拍了一下他的手：“还不送送人家。”张慧径直往车站那边走，吴鹏飞跟在她身后。张云松先回到家，拿起盆子，把积水往马桶里倒。还好这几天天气晴朗炎热，湿被子已经晒干了，再加上两床蚕丝被，两个人是可以睡了。没过多久，吴鹏飞就回来了。张云松问：“你怎么不跟她多待一会儿？”吴鹏飞没好气地说：“有啥好待的。这次回来，她一直在挑我的错，不知道犯什么神经，烦死了。”张云松撇撇嘴，笑道：“你们大学的时候可是模范情侣，从来不吵架的。”吴鹏飞坐在床边发愣，看起来很是惆怅。“是呀。那时候多好，没有这么多顾虑。”张云松直起身说：“快帮我忙，把这水倒到马桶去。”

忙活了一个小时，终于把房间弄干净了。床就搁在中间，再也不敢贴着墙和窗子了。正在整理衣柜，有敲门声，开门一看是女房东。“房租赶紧交了！就差你一家，拖了多少天了。”女房东的脸色很不好看。张云松赔着笑说：“我明天给你，可以吗？”女房东靠在门框上，坚决地说：“不行。现在就交了。又不是几百万，才六百块钱，你一个大学生怎么就交不起了？”张云松心说我还真没钱交给你。吴鹏飞走了过来，问他怎么了。女房东皱起眉头：“怎么又多了个人？”张云松忙说：“我大学同学，他来借住几天。”女房东上下打量了一番吴鹏飞，说：“如果他要长期住，你们房租要涨两百的。”说完，她就在那里等。张云松走到房间里去，看看自己的钱包，没有钱了，又在衣服口袋里摸了摸，也没有。吴鹏飞走了进来，说：“别找了。我已经把钱给她了。”张云松一下子坐在床上，环顾四周，摇摇头说：“真是太丢脸了。”吴鹏飞坐在床的另一头，笑笑说：“这有什么。自己兄弟不要说这些。”

睡觉时，吴鹏飞看那蚕丝被，便问：“没见你在寝室用过啊。你最近买的？”张云松摸着光滑的被面说：“别人送的。”吴鹏飞头凑了过来，笑问：“是那个赵娟吧？”张云松点头说是。吴鹏飞点点头说：“那这我可不敢用。你们现在怎么样？”张云松把枕头递给他，摇摇头说：“不怎么样。”吴鹏飞仔细看了看张云松，没有再问下去。各自都躺下了，一人睡一头。床板塌陷的那一块，用泡坏的书顶上。吴鹏飞翻来覆去的，张云松问他怎么了，他说：“在工厂宿舍，十来个人，打呼噜的，磨牙的，放屁的，热闹得很。现在突然安静下来，睡不着了。”顿了一会儿，吴鹏飞又说：“在那儿每天我都不知道在干什么。流水线作业，一块又一块板子送到我面前来，把它翻过来检查一遍，有问题的用粉笔画个圈儿，没问题的再翻过来让它过去。动作要快要准确，根本没有时间偷懒的。我抬头一看一个大车间，乌泱泱全是穿着一样制服的人，全都是这样像个机器一样重复同样的动作。太可怕太可怕了，我不想过这样的生活。”

张云松看着天花板，滨江广场那边的路灯灯光照了过来。他想起赵娟带他去酒厂看到的场景，那些在厂里做了几十年的人会像鹏飞这样不满吗？无法想象。赵娟。她现在怎样了？想给她打个电话发条短信，可惜她没带手机。赵娟。赵娟。赵娟。他默念这个名字，那个男人说她把自己的妈妈推倒，就是为了他。这是不是真的？无法想象。平日她都是那样温和，说话都是笑眯眯的。他回想她笑的模样，眼睛里，嘴角上，都是笑意，笑着笑着撩起耳边的头发，笑着笑着就看他一眼。她说话也是，声音柔柔的，做事情有条不紊，从没见过她慌乱过。只有那次她妈妈抓她的手时，她的神色是紧张害怕的。他不敢再想下去了。温磊那张胖松的脸又一次冒了出来，他跟自己说话时那种不屑的口气，现在想起还是叫人生气。那时候就应该毫不犹豫给他一拳，自己就是太懦弱了，只敢对自己生闷气。愚蠢至极。张云松又翻了个身，荞麦枕头窸窸窣窣地在耳边响动。今晚看来是要失眠了。

吴鹏飞又说："我挺羡慕你的工作，每天坐在办公室，吹吹空调，写写文案，多轻松啊。"张云松笑了一声，说："那是你想象的，我还不知道自己能不能过试用期呢。真是担心得很。"吴鹏飞问他："你出了很多错误吗？"张云松沉默了半晌，说："我也不知道，就是感觉哪哪都不对。不知道哪一个举动，就得罪了人。"吴鹏飞叹了口气："你这么单纯的人，不会得罪人的，你也没有什么害人之心。"张云松吁了一口气，说："社会太复杂了，我搞不懂。"吴鹏飞哎了一声，说："我也搞不懂。"一时无话。汉江那边传来轮船驶过时拉响的汽笛声，悠长宏远，让人心生苍茫之感。吴鹏飞坐起来，点了一支烟："张慧，我也搞不懂。"张云松也坐起来，要了一支烟："我是感觉你们不对劲儿。"吴鹏飞眯着眼睛，透过烟雾瞅了张云松一眼，又看向窗外的江景："这次回来之前，跟她说过。她很反对我辞了那份工作。"张云松问他："那你知道原因吗？"吴鹏飞噘了一下嘴："还能有什么原因呢。她是本地人，她爸爸妈妈都是机关里的人，现在她也有稳定的工作，当然会嫌弃我了。”张云松说：“你也是本地人啊，虽然是在郊县。”吴鹏飞沉默了半晌，说：“这不一样。张慧去过我家，我家那个情况她也看到了：我爸死得早，我妈又是个不好相处的人。她去过后就再也不想去了。”张云松迟疑地看看他：“她不是那样的人吧？”吴鹏飞冷冷地笑了一声：“我自己都嫌弃我自己，别说她了。”张云松又问他：“你这次回来，你妈知道吗？”吴鹏飞摇摇头：“晚两天再说吧。她肯定要抓狂的。”烟抽完，两人坐了半晌，吴鹏飞把抽完的烟头弹出窗外后，躺了下来：“睡吧睡吧。你明天还要上班呢。”张云松也重新躺了下来。不一会儿，吴鹏飞那边传来小小的鼾声。

五

一上班，柳经理就过来跟张云松说：“待会儿到了十点钟，去一下总经理的办公室。”张云松点头说好，看了一下时间，现在是九点，还有整整一个小时。电脑屏幕上，能看到坐在身后的柳经理那不动声色的面孔，他挺括的白衬衣、修剪得体的短发，还有摆放得整整齐齐的桌面。相比之下，张总那边简直是难民营，资料书籍都乱糟糟地堆在一起，有时候来得匆忙，胡子不刮，后脑勺的头发竖起，跟下面员工也是有说有笑，甚至开开玩笑。柳经理就不，他跟人说话就是有事说事，绝不多说一句工作之外的事情。哪种更好？张云松自己说不上来，他一方面很恼火，柳经理从来都不会告诉自己即将面对的是好事还是坏事；一方面又很羡慕，一个人能把自己的喜怒哀乐藏得这么深，做人处事简直是滴水不漏，叫他不知要历练多少年才能做到。只有一次，他看到柳经理不同以往的神情，就是唐洁向他扔资料的时候，他才露出不那么圆熟的一面，有些慌乱，有些恼怒，可还是控制得很好。唐洁的望花低度酒宣传方案已经被总经理毙掉了，柳经理重新做的方案，既得到了总经理的认可，也得到望花酒厂那边高层的认可。现在，柳经理的眼睛就盯着屏幕，眉头锁紧又放松，手指敲打键盘，而自己面对打开的文档，脑子里想的全是即将到来的约谈。

一个小时太过漫长，他几次起身去了卫生间，很想就待在里面不出来。总经理能有什么事情找他呢？就像上次那样，跟他说跟赵娟的事情吗？他心头一沉，如果真是这样，他还能说什么。站在走廊上，远处几位同事站在楼梯口那里抽烟，说说笑笑的，对他点头微笑。他跟他们至今还不熟悉，也不敢贸然过去加入他们的聊天。他能和他们聊什么？他们聊基金、股票、证券、房贷、孩子、二奶、政坛动态、体育新闻，哪一样他能插得进去嘴的？最初几次，他也尝试跟他们聊天，一说他们就笑，再说他们笑得更厉害，笑得他脸上都快挂不住了，要不是柳经理过来说“好了好了，你们不要欺负小张了”，他们还会笑下去。他至今都不知道他们在笑什么，而那种在众人面前出丑的愚蠢模样，一想起就要痛骂自己的。楼下大门的岗位上，那个保安还在，他看着街道，而自己看着他。那谁看着自己呢？同事们，柳经理，总经理，还有望花镇的那些人，还有那些他从来无法知晓的眼睛，他们都在暗处，伺机而动，防不胜防，想到此，简直有点儿不寒而栗。还有一个目光，他差点儿忘记了，就是另一个自己，它与自己的肉身同处，又常常脱离出来，冷眼看自己，并鄙夷之，唾弃之，厌恶之。不能再想下去了，在外面逗留太久，领导会有看法的。

进办公室的时候，再一次看看时间，九点三十分，还有半个小时。他往办公室扫了一眼，蓝色条纹隔板隔出一个个办公桌，每个人都安安静静地坐在自己的位置上忙事情。个人的空间都是狭小的，堆满了各种资料和宣传册。望花望花望花，全都是关于望花的。望花酒，值得你拥有。爱在望花，真情永久。望花酒，不上头。这个城市的大街小巷，跑动的公交车，林立的高楼，路灯的灯杆，哪一处没有望花酒的广告？再深入到酒店的宴席，超市的酒水专卖场，哪一处没有望花酒的酒水促销员？还有还有，电视上的广告，报纸上的软文，收音机里的广播，望花望花望花，说不完的望花镇，享不尽的望花酒。绵柔口感，至尊享受。这一切的源起，就是现在办公室坐在那儿工作的人们。他们影响了整个城市的外观和生活，他们让望花成为家喻户晓的名字。而他就是他们中的一员，虽然只是起着一枚螺丝钉的作用，身处其中他还是非常骄傲的。如果他能继续做下去，他要借更多传播学和广告学方面的书来看，他还要仔细研究柳经理和张总撰写的宣传活动方案，对了，还要把唐洁留下来的那些望花内刊再整理出来，看看人家是怎么做出一份好看的报纸来。他内心隐隐地兴奋起来，走到办公桌坐下时，柳经理过来说："总经理提前过来了，我们过去吧。"

刚才还是振奋的心情，一下子就跌下去了。他走在柳经理的身后，那些抽完烟的同事迎面走来，他赶紧低下头。光滑的地板上，映照出他像是犯人一样的嘴脸。门开了，总经理坐在那里，她的眼睛上下打量了他一番，然后说："请进。"柳经理准备离开，总经理又说："小柳，你也留下来。"柳经理说好，跟着张云松坐在总经理的对面。总经理又打量了一下张云松，想了想，对柳经理说："唐洁的手怎么样了？"柳经理笑说："我夫人前不久去看望了，恢复得不错。"总经理点点头："那等她手好了，就过来上班。你到时候再安排她的工作。"柳经理说好。张云松觉得自己心脏跳动的声音，太大太大了。总经理打量他的眼神，像是要穿透他，让他无地自容。他嘴里发干，很想起身去上厕所。他把自己的手扣在膝盖上，不让它们抖得太明显。

总经理眼镜后面的眼睛直视着他："小张，本来几天前就想跟你谈谈。"柳经理说："小张生病了，所以晚了几天。"总经理点点头："现在是到了容易感冒的时候了，柳经理，你让办公室的人都多多注意身体。小张，你也是。"张云松嘴上说好，心里发急，总经理到现在还没有说到正题上。如果要开除他，现在就直说吧。不要再这么绕来绕去了。“是这样的，这段时间不是派你去望花做采访嘛，你回来后，我又接到望花那边的人反馈，”总经理顿了顿，看着张云松，慢慢地说，“说你跟宣传科的赵娟走得太近。我记得上次跟你说过这个事情了，你还有印象吧？”张云松点点头。果然是这件事情，肯定是温磊搞的鬼，这个混蛋。总经理继续说下去：“我说过，希望你自己注意一下。但是现在是第二次接到这样的电话，老实讲，我是有点儿生气的。”

张云松此刻心情反倒平静了，他知道自己失去了这份工作。“总经理，我……”总经理扬手打断了他的话：“我话还没说完。后来事情发生了变化，我又接到赵娟给我打来的电话，她跟我说，你跟她只是好朋友，并没有其他什么事情，是有人在诬蔑你。”柳经理此时插话进来：“赵娟是个非常实诚的女孩，我认为应该相信她的话。我也相信小张，他一直都是非常单纯的。这个事情啊，我个人觉得不要相信那个人的话。”总经理推推眼镜，瞥了一眼柳经理，说：“小柳，这个事情上我跟你看法一样。你也跟我说过，小张工作上很努力，很上进，这点我非常喜欢。但是，不论实际上的真假对错，这个事情已经对我们与望花的合作产生了不好的影响。所以我在想，要不把小张安排到其他的工作上。柳经理你看怎样？”柳经理点点头：“那就让蒋芸先接手望花这方面的事情，等唐洁回来再转交给她。小张这边，最近虞城食品需要我们派一个宣传专员过去，大概半年的时间会在那儿。小张，你有问题吗？”张云松说没问题，总经理也同意这样的安排。

走到走廊上，张云松小声地说：“柳经理，谢谢你。”柳经理愣了一下，看了他一眼，微微一笑。“没事的。望花厂那些人不好打交道，你别放心上。”正说着，张总那边从办公室门口探出头来：“小柳，我们来开个小会。”柳经理忙说好，往张云松肩头拍了拍，快速地走了过去。这一切就像是过山车一样，人还没有从那种杂乱的情绪中恢复过来。他先是跑到卫生间，狠狠地释放了一把，又站在楼梯口，把窗户打开，让高空的风直扑他的脸。他既振奋又惆怅，既愤怒又庆幸，说不出的复杂滋味。没想到。没想到。没想到柳经理会这样维护自己，没想到赵娟还会打电话给总经理解释，没想到他还能在公司继续干下去。他兴奋得想要冲出窗户飞起来，他要好好干的，干出名堂来，不要让他们失望。但另一方面，他已经跟望花没有任何关系了，这个实在是叫人舍不得——他喜欢望花这个地方。他一口气从楼梯口冲到下一层，又从下一层冲上来。他想大喊几声，像是以前跟吴鹏飞他们站在山上那样，喊什么都行。

抽烟的同事们又一次过来了，他们中间有人笑着喊："小张，来一根？"他笑笑说："好哇。"另外一个同事啧啧嘴："王陆，你是带坏小朋友。"王陆把烟递给张云松，转头笑道："人家不是小朋友了，人家都有女朋友了好不好？"张云松脸唰的一下红了，那位同事拍拍他的肩头："不错哇。是望花那位吗？"张云松很想立马走人——原来他们都知道了。烟非常呛人，嗓子里干得很，他很想吐一口痰。那位问的同事还在看着他，其他的人也在看他。他咧咧嘴，装作很镇定的样子："你瞎说什么啊？才不是的。"王陆扑哧一声笑出来："好啦好啦，不要再欺负小朋友了。小心柳经理又出来说我们。"张云松尴尬地笑了笑，没有说话。还好他们没有在这个话题上停留太久，又一次谈论起了最近的金融危机。张云松耐心地抽着烟，靠在墙上。对面写字楼，透过茶绿色玻璃窗，能看到一排排格子和一粒粒小小的人，远处街道上的车子也是小小的。还有一个目光看着自己，看着这些抽烟的同事，还有这亿亿万万流动的人们，它在无穷无尽的宇宙之上。

六

下班时天依旧大亮，夜晚没有丝毫要来的意思。从楼上看天际线处，汉江像是一条蜿蜒的光带穿城而过，江畔的鹿子山一路绵延到天尽头。下楼出门走到梧桐街上，灰色路面上光斑点点，天气逐渐热了，长袖都快穿不住了。临街卫民巷口的板栗铺，每日下班时，那饱暖的香气，四面八方包抄过来，刺激他的鼻和胃，忍了几次终于抵挡不住了。杨木横桌，搁两大匾，一匾大板栗，十元一斤，一匾小板栗，八元一斤，用薄薄的花棉被盖着。要买时，掀开薄被，香气袭人的板栗，探出油亮亮的圆扁身子，诱人得很。张云松买了一袋，一边吃一边慢慢往巷子里走。热气透过纸袋，手掌心暖烘烘的。巷子两边的居民楼都是五层楼高，外墙涂成绛红色，楼顶一圈是姜黄色，住家的阳台上养着盆栽，挂着鸟笼，花花绿绿的衣服随风摇摆。路边的苘麻开着小小的黄花，软软的心形叶子，微微有毛。巷子拐弯处的修车铺里，一位中年男人正在洗轮胎，他站在一边看了半晌；隔壁的小卖铺，老板娘一边嗑瓜子一边看电视剧，时不时有响亮的笑声传过来。

原来离公司这么近的地方，还有这样幽静的小巷子。每天都是急匆匆地回家，从来没有闲逛过。穿过小巷，又一次来到大街上。一时间他不知道往哪儿走。回家太早，吴鹏飞可能还在人才市场那边没有回来。继续往前走，依旧是在梧桐树荫下，梧桐的蒴果已经长出完整的心皮和梧桐子，再过些时候水池里的荷花也该开了。水汽越来越盛，汉江快到了。天一点点暗下来，路灯还未亮，江天交界处呈现出蟹壳青。江畔有小孩在沙滩上玩耍，还有人坐在那里垂钓。这汉江水里也有望花河的水吧，那里也会有这样的景色。酒厂的人也该下班了，望花桥上骑车的人们相互招呼。可惜今后再难有机会重去。想到此，心头不禁一阵惆怅。板栗吃完了，袋子里全是壳。天也黑了，路灯也亮了。吴鹏飞打电话来问他怎么还不见回来，他说马上就往家里走，反正离滨江广场也不远了。

一回去，吓一跳：客厅多了一张可以折叠的小圆桌和三把塑料椅子，卧室地面打扫得干干净净，床上铺了新买的席子和一个新枕头，而厨房变化最大，有了电磁炉、电饭煲、炒菜锅、烧水器，橱柜擦拭得闪闪发亮，盘子和碗也都是新买的。张慧正在那里炒菜，吴鹏飞在水池里洗青菜，电饭煲里煮着香喷喷的米饭。张云松讶异地问："今天是什么日子啊？"吴鹏飞扭头看过来，笑道："什么日子也不是。这些东西都是张慧买的。"张慧正在做的是肉丁炒杏鲍菇，她抬头说："你们过得太寒酸了，天天在外面吃怎么能行？"张云松笑道："那怎么好意思？"吴鹏飞把洗好的菜放在盆子里："别废话，快来搭把手，剥几颗大蒜。"除了杏鲍菇，还有油焖茄子、西红柿炒鸡蛋、蒜薹炒腊肉，放了满满一桌子，张云松又下楼去买了几罐冰镇啤酒。好久好久没有吃过家常菜了，菜不仅吃得精光，还拿饭倒到盘子里拌油吃，每个人喝得脸红红。张慧一直在笑，笑笑就去看吴鹏飞。吴鹏飞酒量不行，喝得眼睛都红了。张慧递纸给他，说话不像以往那样硬，而是柔声地说："慢点儿喝。"吴鹏飞也去看她，嘻嘻地笑，拿手去拉张慧的手。张云松拿筷子敲敲空盘子："行了啊行了啊，不要在我面前秀恩爱。"

吃完饭，刷好碗，灶台收拾干净，三人一行往滨江广场那边去散步。广场上早已经划好了地盘，教拉丁舞的在这头，跳广场舞的在那头，玩陀螺的老人一鞭子往大陀螺上甩过去，啪的一声，吓人一跳。他们这儿站站，那儿看看，最后停留在唱歌的那群人那里。都是些中老年人，围在一起，一人站在中间领唱，其他的人跟唱，男声部，女声部，一会儿分唱，一会儿合唱。唱北风那个吹雪花那个飘，唱十五的月亮照在边关照在家乡，唱蓝蓝的天上白云飘白云下面马儿跑，最后唱到《梁祝》，张慧兴奋地说："我喜欢这首歌！"她跟着那些人一起唱："同窗共读整三载，促膝并肩两无猜。十八相送情切切，谁知一别在楼台……"吴鹏飞笑她傻，她也不像以往那样发恼，依旧唱自己的，细细的嗓音夹在合唱声中。听完歌，又往汉江边走，张慧说："上次我们吃烧烤的那个摊儿不见了。"一看果然是，说起那个胖墩墩的烧烤摊老板，也不知道去哪儿了。江风吹，汽笛响，三个人下了堤坝，沿着河边光着脚丫在水里踩。水一点儿也不凉了，过些日子可以去沙洲上吃烧烤。

玩到快晚上十点了，张云松自己先回，吴鹏飞陪张慧去公交车站。回家开灯一看，一切看起来都是崭新的，心情大为振奋。就这样多好，等吴鹏飞找到工作，自己也工作转正，可以添置更多的东西。那个衣柜门闩坏了，可以买个新的；还可以买张小书桌，放在床上；对了，还有窗帘也没有，也得去买。一想想，要添置的东西实在太多了。不过，过不了一年这些都会有的吧。看吴鹏飞和张慧今天的样子，不像之前那样容易吵架了，真是让人放了心。到时候可以再租个好点儿的房子，吴鹏飞和张慧住一间，他自己单独一间。正在想着，吴鹏飞回来了，看他脸色也是兴高采烈的，眼睛里有希望，嘴角有笑意。张云松啧啧嘴，说："这么快回来干什么？"吴鹏飞瞥了他一眼，笑道："刚走到车站，最后一班车就开过来了。还没来得及说上几句话。"张云松凑过来问："亲了没有？"吴鹏飞把他推到一边："要你管！"顿了顿，又笑了起来："张慧很久没有这样好脾气过了。"张云松点点头："人家本来就挺好的，你好好珍惜吧。"吴鹏飞点点头。

停了半晌，吴鹏飞问："那你跟赵娟呢？"张云松摇摇头说："我也不知道。"吴鹏飞拿手背打了他一下："你不要又像大学那阵子喜欢班上的童玲，憋了四年不敢说，最后憋得人家都有男朋友了。"张云松回打了过去："打得疼死了！我的事情不要你管。"吴鹏飞啧啧嘴，倒在床上："你都二十三岁了，怎么还跟个初中生似的？喜欢人家就直接告诉人家，多简单的事情。你看张慧，我就是有一天上晚自习，找个机会跟她说了。人家还不是同意了。”张云松起身把房门关上：“张慧是张慧，赵娟是赵娟，不一样。”吴鹏飞喊了一声：“女人在这方面都一样。有种你别找女朋友，天天打飞机得了。”张云松拿起一本书砸过去：“打你妹！”吴鹏飞忙躲开，嘻嘻地笑起来：“我没有妹妹，你爱打打吧。”

说了一阵子话，吴鹏飞睡下了，张云松知道自己又要失眠了。听到楼上抽水马桶冲水的声音，他忽然想起刚开始找工作时睡的那家小旅馆。那对男女住进去，上厕所，洗澡，躺在床上，然而他期待的声音并没有出现。他想象他们在床上接吻抚摸，身体赤裸地贴在一起，就像日本A片里的场景，男人慢腾腾地吻到女人每一个地方，最后停留在某处。做爱。呻吟。各种体位。女人高潮时的表情。这些片段在他的脑中翻腾，让他的身体有了反应。他不能这样躺着了，他全身的肌肉都是紧绷着，额头脖颈冒汗。他也不能去看吴鹏飞，一看就联想到当他不在的时候，吴鹏飞与张慧会不会在现在睡的这张床上……他不能再细想下去，这样感觉太怪了。

反正睡不着，不如出去走走。他打开门，下了楼，浓稠的夜色弥漫了整个小巷，直到滨江广场那头才亮着一盏路灯。刚来上大学的时候，滨江广场还没有建成，这个村子一直延伸到汉江边上，住在这里的多是本地人，现在不是了，本地人陆续搬迁到公寓楼里去了。因为这里租金低廉，很多做小本生意的小贩、外地的打工仔，还有他这种刚毕业的大学生，纷纷住过来。滨江广场那边宽阔大气，仅仅隔了一道围墙的城中村，却是脏乱逼仄。吴鹏飞说再往里走，可以看到隐藏的发廊和卖淫的女人，她们每天晚上都会坐在发廊里，笼在暧昧的红光中。他也见过，常常是偷偷瞥了一眼，就忙走开，可能在那些女人看来，十分幼稚可笑吧。隐隐有小孩的哭声传来，在这样的深夜听起来分外清晰，过了一阵子哭声止息，大家翻了个身，又继续安睡。

七

去虞城之前，望花这边的工作，张云松要与蒋芸交接清楚。望花最新一期的内刊文稿、望花先进人物采访稿、望花低度酒日报宣传文案，蒋芸一一接收了过去。忙到中午，蒋芸说：“一起吃个饭吧。”张云松说好。两人去了捞鱼巷那边吃烤鱼。张云松笑道：“怎么今天要来这儿吃啊？待会儿上班回去要来不及了。”蒋芸把鱼块夹到碗里，摇摇头说：“不急，偶尔晚一点回公司也没事的。”张云松这才放松下来吃饭。吃了饭，蒋芸叫住正准备回公司的张云松：“小张，我想去附近的华新商场逛逛，你陪我去一下。”张云松颇为讶异，再次看了看手机上的时间，蒋芸哎呀一声，招招手说：“不怕的，没事！”张云松说好，便转身随她去。唐洁不在，他平时很少跟蒋芸一起吃饭了，更何况逛商场这样的私事。有可能她要买的东西比较多了，需要有个帮她拎包的人吧。

一到商场，直上四楼，张云松说：“蒋芸姐，女装部是往右边走。”蒋芸回头看他一眼，笑道：“我知道，我自己不买衣服。”说着继续往男装部走，张云松只好跟过去。商场是中空式的，阳光透过玻璃楼顶倾泻下来，光洁的大理石地面泛着金光。因为是工作日，商场没有多人来逛，轻音乐在楼层之间舒缓地荡漾开去。蒋芸问他：“你喜欢什么样的颜色？”张云松回过神来，放眼望去，T恤衫、衬衣、牛仔裤、休闲运动装，一排排铺开去。“我喜欢蓝色的。”他说。蒋芸点点头，走到T恤衫那排，跟他说：“你看看，挑一件你喜欢的。”张云松疑惑地看看她：“这个不好吧？应该问问那个要穿的人才对呀。”蒋芸拿出一件，往张云松身上比了比：“这件有点儿太小。看看这件。”她又换了一件比一下。挑好了一件，张云松自己也说可以，蒋芸就让他去试衣间穿上试试。张云松站在试衣间里，脱了衣服，把那件小V领条纹短袖纯棉T恤衫穿上身，对着镜子看了看。蒋芸在外面问：“换好了没？出来让我看看？”张云松一出来，蒋芸上下细细打量一番。“嗯，这件换下来，人看起来精神多了。这裤子也该搭配一条合适的。”又让他跟着去挑裤子，选了一件墨绿色休闲长裤；再挑鞋子，选了一双暗蓝色布面休闲鞋。

张云松问：“你要买的那个人跟我一样的体形？”蒋芸笑道：“是呀！”结完账，两人出了商场，蒋芸吁了一口气：“终于完成任务了！”张云松问她：“这还是任务啊？谁这么霸气，敢派我们蒋芸姐的任务？”蒋芸哈哈一笑，推了张云松一下：“总经理呀！”张云松咦了一声：“她孩子这么大了？”蒋芸看着他，笑道：“你在她眼里就是个孩子。这些衣服鞋子，都是给你买的。”张云松惊讶地看着蒋芸：“怎么回事？”蒋芸一边往前走，一边说：“别看总经理平时很严肃，其实心很软的。你看你现在穿的衣服。”说着指了指张云松的上衣。“都起毛了，衣领也破了，早就该换换。还有裤子也是啊，都该换换。”张云松脸一阵一阵发烧，他自己看了看身上，的确看起来很邋遢。蒋芸接着说：“人嘛，要有精气神。不能老穿得跟个学生一样。刚才你那衣服一换，立马像换了个人似的，给人的感觉也好了很多。”

张云松觉得此刻自己应该感动才是，可不完全是这样，有些尴尬，有些自卑，还有些自尊心受损，这些感觉混杂成一团在心底翻腾。“这样不好吧。我们还是把东西退了吧。”说着，张云松回转身去，蒋芸忙说：“哎呀，你害羞什么，总经理也希望自己的员工出现在客户面前，是清清爽爽的嘛。再说，买都买了，也不好退。”张云松一想到要回公司，而且如果蒋芸跟大家说起这件事情，自己该多难堪，便没有继续往前走的勇气了。再怎么慢，终究到了公司门口，张云松鼓起勇气跟蒋芸说：“蒋芸姐，这件事情能不能只有我们几个人知道？”蒋芸微笑地看了看张云松，点点头：“你放心，这个我明白的。”进了公司，张云松把购物袋寄放在休息室后，才进办公室。大家都没有看他，他这才放心地走到座位上。虽然是坐下了，心里依旧不平静。平日从来没有刻意注重自己的形象，原来在同事们的眼中自己是这样穷困和邋遢，令人怜悯。想到此，脸又一次发烧。真想把自己缩得小小的，所有人都看不见他才好。

坐了一会儿坐不住，他起身去卫生间，盯着镜子看，这张瘦削的脸苍白无力，胡子也没有刮干净，头发乱蓬蓬的，脖子处那块衣领破得那么明显，早不知道被多少人看了笑话。他感觉另外一个自己，正站在一边冷眼看，鄙夷他，笑话他，唾弃他。可是我有什么办法呢？我自己都没有意识到这些问题。他为自己辩护。他忽然想起进总经理办公室时，总经理上下打量他的目光。那目光中看到的我是一个什么样的人呢？还有赵娟妈妈那次打量他的目光，那目光明显是憎恶的。不能往深处想，很多细节浮现出来，只能提醒他自己的卑微无能。可是为什么要这么敏感呢？总经理完全是一片好意，你为什么要往坏处想？真是神经过敏。张云松扭开水龙头，一遍又一遍往脸上泼水。保洁阿姨过来了，他擦了擦脸，匆忙地跑开。

下了班，他去储物间拿了购物袋，走到电梯口时，一堆同事都在等。他立马转身去办公室，走到门口，柳经理和张总正在商讨方案。他只好悄悄地退出来，站在走廊上。购物袋勒在手中，有些重，那双鞋子花了三百块，加上T恤衫、裤子，都上千了，这些对自己来说简直是奢侈。等电梯的那些同事中，蒋芸也在，看见她时她正跟另外一个同事说话。不知道她会不会说，不敢去想。他听到磕托磕托的走路声，抬头看去，总经理走了过来，那一身纯黑色女士职业套装穿在她身上，很有气场。张云松尴尬地走也不是，不走也不是，他只好僵硬地笑道："总经理好。"总经理抬头，又是上下打量了一番，微笑道："怎么还没回去？"购物袋那么显眼地出现在她的目光中，她没有停留。他小声地回答道："马上就回去。"总经理点点头，进办公室去找张总和柳经理去了。他松了一口气，往电梯口走去，那里同事们都不在了。

八

回到租房时，吴鹏飞正在炒菜。张云松匆忙地说了一声"我回来了"就往房间走，把购物袋塞到衣柜里。吴鹏飞喊道：“快把桌子收拾一下，可以吃饭了。”张云松说好，走到客厅，见桌子上放了几个小袋，一袋子炒好的花生，一袋干茄子，一袋干豇豆，还有一瓶霉豆腐，便问：“你在哪儿买的？”吴鹏飞把炒好的小青菜铲到盘子里：“我妈今天来过。”说着把菜端了过来，让张云松把几个小袋放在墙角，留下霉豆腐。“她带过来的。”张云松看他一眼：“她人呢？”吴鹏飞又回到厨房，炒下一盘菜。“坐火车走了。我送她上了车，也是刚回来的。”张云松点点头，问他：“你妈妈不是一直在县里中学食堂做帮工吗？”锅里的油嗞啦啦地溅起，吴鹏飞退后一步，碰到了厨房门，砰的一声响，他忽然把锅铲扔到一边，蹲了下来。张云松跑过去，把电磁炉的线拔掉，转身去问：“你没事吧？是不是溅到了？”吴鹏飞把头埋在腿间，身子在抖：“真是难受。”张云松拍拍他的肩头说：“你去歇息一下，我来炒菜好了。”

吃饭的时候，吴鹏飞一直没有说话，他的神情看起来十分沮丧。张云松问他：“你妈来，张慧知道吗？”吴鹏飞点点头：“她知道，我昨天就告诉她了。今天我妈来的时候，我打电话给她，她手机关机了。我又打了几次，还是关机。不知道是怎么回事。”张云松拿出手机：“我拨拨看。”说着把电话打过去，张慧那边依旧是关机。吴鹏飞摇摇手说：“不用再试了。我去用小卖铺的公共电话打，也是关机。”张云松不解地说：“莫非是欠了话费？那也该是停机，而不是关机了呀。”吴鹏飞冷冷地笑了一下：“她肯定是故意的。”张云松想起昨天他们还在一起吃饭的情境，摇摇头：“不会的吧。也许是有别的原因。”吴鹏飞起身把吃完的饭碗往厨房送：“我了解她。她肯定是故意的。我明天再去学校找她好了。”

张云松也进到厨房来，擦拭灶台，吴鹏飞在盥洗台那儿洗碗。“这次我妈要去省城，给人家当保姆。我不让她去，她偏要去。”张云松瞅了他一眼：“你们又吵架了吧？我记得你妈以前来学校看你，你们也是吵。”吴鹏飞从裤袋摸出一根烟点上：“就是忍不住吵。她一说话，我就不耐烦。她让我回家，我死也不愿意。这次她要出去当保姆，我就说你这是何苦。她说在家待不下去了。十二岁的时候，我爸爸跟妈妈吵架。凌晨四点多，舅舅把我从学校叫出来，让我回来，说家里出了一点事情。舅舅骑着自行车，我坐在后面。整个天都黑黑的，什么都看不见。走到中途时，我心口猛地痛得厉害。我知道出事了。后来我知道，就在那一刻，我爸爸自杀死了。”他转头看了看张云松。“你说我恨不恨她？她骂起我爸爸来，什么都骂得出来的。”

张云松还是第一次听到他主动提起他爸爸的死，一时间不知道怎么回应他。吴鹏飞洗了洗手，靠在盥洗台上，继续说：“她是个性格刚烈的人，一生气起来什么都不管不顾。爸爸死了，我哭得好狠啊。妈妈也哭，哭得手都勾了起来，可我心想她有什么资格哭？我不跟她说话，一直都不。一个月前，她在我家那边被邻居打了。她活该是不是？她把四周的邻居、自家的亲戚全部得罪了。她电话里哭，我也不说话，让她哭。她在老家待不下去，要去省城当保姆。来我这儿，给我带了这些东西。”说着，他指了指墙角的几个袋子。“她一路坐车子过来，下车就蹲在路边吐，晕车得厉害。我心里那个痛啊，我都想死。我感觉我这个做儿子的一点儿用都没有。你知道没有用的感觉吗？好像是好多眼睛在盯着你，他们越盯着，你就感觉越矮，矮到土里去，他们还要踩一脚。”张云松点点头说：“我知道。”吴鹏飞瞥了他一眼，把烟头放在盥洗台掐灭，继续洗碗，洗着洗着又停下。“这次张慧没来，我妈说你看看媳妇儿还没进门就开始嫌弃我了，连看都不来看我。”张云松把洗好的饭碗擦干净放在柜子里：“你明天还是去找找她看，也许是误会。”

滨江广场那边喧嚣的音乐声又一次涌了过来，吴鹏飞把窗户全都关上，还是很吵。张云松笑说：“怎么今天嫌吵了？”吴鹏飞撇撇嘴回他：“也不是今天，一直忍着而已。”说着倒在床上，呀的一声又跳起来，塌陷的那块一直用书垫着，他这一躺下去，几本书掉了出来。“这不是我们的教材么，你还没扔？”吴鹏飞把书拿起来，翻了翻。张云松瞅了一眼，说：“垫垫床板还是可以的。”吴鹏飞翻的那本是《现代文学作品选》，看到其中一篇，他点点头说：“这首我喜欢。”张云松凑过来看，是徐志摩的《我不知道风是在哪一个方向吹》，笑道：“早就忘了这首。你念念看好了。”吴鹏飞站在窗前，清了清嗓子，开始朗诵：

我不知道风
是在哪一个方向吹——
我是在梦中，
在梦的轻波里依洄。

我不知道风

是在哪一个方向吹——

我是在梦中，

她的温存，我的迷醉。

……

张云松坐在床的一端，看着窗边的吴鹏飞，他中短的个子，小小圆圆的脸，有了抬头纹，额头上有块疤，他自己讲是小时候跟人打架时留下的。他朗诵得不好，声音干干的，还老断。以前上课的时候，老师叫他起来朗诵过这首诗的，他也像现在这样，老师说他虽然朗诵技巧有待提高，但有感情，这点很可贵。锣鼓声从滨江广场那边侵袭过来，吴鹏飞朗诵的声音几乎要被淹没了，但他不管，继续朗诵下去。门外有房东一家上楼时纷纷沓沓的脚步声，张云松突然想起该跟房东说一下自己出差半年的事情，房子继续租，只不过人要换成吴鹏飞了。这事儿也还没有跟吴鹏飞本人说，一时间不知道如何开口。吴鹏飞朗诵完后，把书放在枕头边上，起身往外走。张云松忙问："你要出去？"吴鹏飞点点头说："我出去转转。"张云松担心地看着他：“别回得太晚。房东要说话的。”吴鹏飞说好，把门打开，就急匆匆地跑下了楼。

九

早上醒来时，张云松第一反应是去看看床的另一边，还好吴鹏飞回来了。他起身去厨房洗漱，再次进卧室时，吴鹏飞已经起床在穿衣服了。张云松说：“你又不上班，起那么早干什么？”吴鹏飞一边看着穿衣镜一边答道：“我去学校找张慧。”张云松点点头：“跟她说话不要那么冲。”说着拿起床头的衣服，一看到衣领是破的，想想终究不再好意思穿到公司丢人现眼，于是打开衣柜拿出购物袋。套上T恤衫，穿上新裤子，再配上新鞋子，吴鹏飞惊讶道：“不错啊，人看起来精神太多了。”张云松看看镜子里的自己，果然与平日大不一样，如果再把头发理理，就更好了。他又跺跺脚，看看鞋子，轻便透气，不像原来那双破球鞋，每天脱下来都能闻到脚臭气。吴鹏飞让他再走上两圈，点点头：“什么时候买的？挺会搭配的嘛。”张云松摸了摸裤子的质感，说：“别人送的。”吴鹏飞笑道：“赵娟吧？”张云松笑笑，没有答话。

一起下了楼，走到早餐铺那儿，各自要了份牛杂面，再加卤鸡蛋，吃得满头汗。一起往车站走时，张云松说："明天我就要去虞城出差了。"吴鹏飞瞅了一眼他："去几天？"张云松小声地答道："半年左右。"吴鹏飞吃了一惊，盯着他看："怎么这么长时间？望花那边的工作你不做了？"张云松点点头："是的，不做了。我已经跟房东打过招呼了，这半年你就住我这儿好了。"吴鹏飞没有说话，一路走一路低着头。张云松又说："这段时间，你先随便找个兼职做做，一边做一边再找工作。张慧那边你也要好好珍惜。"走到了车站，吴鹏飞笑笑："好啦好啦，我知道了。你现在说话跟我妈一样。"正说着，532路公交车开过来，吴鹏飞上了公交车，张云松探身喊道："脾气不要太冲！"吴鹏飞扬扬手，车子开走了。张云松继续往公司那边走，换了一身新的，走路的感觉都不一样，背也不知不觉挺了起来。

一到公司，张总扭头一看，哇的一声："小张，今天看起来真是意气风发啊。"张云松脸一下子红了起来，刚才在路上的那种自信瞬间消失。同事们的目光都聚焦在他身上，他感觉手都不知道往哪个地方放。蒋芸坐在位置上笑眯眯地看他，他也不敢迎过去。其他同事都纷纷说："的确是人靠衣装马靠鞍，小张今天很帅哦。"张云松既觉得有些害臊，又有些兴奋，他红着脸来到自己的座位上，打开电脑。今天把康欣食品那边的资料整理好发给蒋芸，然后把以前从康欣那边拿的文件送过去，就算是交接完毕了。柳经理又把他叫过去，交代去虞城后要做的事情，需要注意的事项，他都一一记下了。到了下午，他坐 890 路公交车去康欣总部，把文件交给相关工作人员，准备回家收拾一下，明天就可以出发了。

车窗两侧树木葱茏，偶尔有阳光落在手臂上，又很快消失。马上就要告别这个城市了，心里十分不舍。那条他跟吴鹏飞他们喝醉酒后走过的路，又一次出现，那天他们喝得真多啊。吴鹏飞喝吐了，张正华醉得走不动路，还是被李玉生给搀着，而他自己也好不到哪里去，趔趔趄趄地扶着行道树往前走。想到此，又忍不住笑起来。也不知道张正华和李玉生现在是个什么情况，吴鹏飞这边看起来也不太妙。但总会一步步好起来的吧，还有时间，模模糊糊的希望好像也会等在前头。虞城究竟是什么样一个地方？他完全没概念。在那里他将会认识新的人，接触新的领域，还会发生新的故事。一切都是新的，都在那里等着自己。他心中萌动着新的希望。车子过云翔路，再转到鹿子山路，往前开五分钟，市立医院站到了。他心中一动，车子一到站，他就下来了。

市立医院的广场上依旧停满了车子，急救车来去匆匆。他走到重症楼那边，去咨询台问了一下心脏科的具体楼层，便找了过去。走廊的座位上，坐满了等候的人群，消毒水的气味直扑过来。赵娟就是在这样的环境待了这么多天，想想真是不容易。快到心脏病人住院专区了，迎面有人叫他，他抬头一看，正是赵娟，她手中拿着一床叠好的薄毯子。简直快认不出她来了！她瘦削了下去，眼袋沉重，皮肤蜡黄，但笑容还是像以前那样。她问道："你怎么来这儿了？"张云松小声地说："好巧啊。我是来看个朋友的。"赵娟点点头："他也是心脏病吗？"见张云松说是，又说："情况怎么样？"张云松说："我还好。"赵娟笑道："不是问你，是问你朋友。"张云松噢了一声，忙说在恢复中。两人一时无话。赵娟看看他说："不错啊，换了一身新行头。"张云松把手放在背后搓着，低头时，能看见赵娟的白色帆布鞋和灰色的棉袜。赵娟声音小小的："那我就先过去了。"张云松说：“能出去说说话吗？”赵娟又看了看他：“我把毯子放进去，你等我。”

时间过得真慢。走廊上的人群在他身体两侧来来去去，不知哪里传来人只有在崩溃后才能有的哭号——看来此刻有人离开这个人世了。保洁员拎着水桶，从远远的那头走到这头，水泼洒了一地。她还没出来。真想走过去，看看是什么事情让她耽搁了这么长时间。站累了，他就坐在座位上，边上一个人捂着脸在哭，无声无息的，可是身子在抖动。应该是病房里那些重症病人的亲友吧。他偷眼看看那人，不知道该不该去安慰他一下。那样做会不会太冒失？那人哭完后，抹抹脸，装作没事人一样，又进去了。他去看赵娟进去的那个门，过了五分钟，赵娟终于从那里走了出来，她身后跟着温磊。他听到温磊压低的声音：“你不能再这样了！不能了！”赵娟也压低声音回答道：“我就说几句话而已，这个也要你管？”张云松走了过去，温磊见到他，脸色十分难看。赵娟说：“我们走。”张云松说好，两人便一同往楼梯口走去。温磊在后面喊道：“你们好自为之吧。”

赵娟走得很快，他赶紧跟了上去。她的背部看起来也瘦了很多，这段时间真是难以想象她过着什么样的生活。出了重症楼，来到广场上，赵娟的脚步才慢下，等张云松跟过来，她说：“往医院后头那边走。”张云松说好。道路两侧的青松频频碰到人头，赵娟也不管。走到小水池边，两人才停下来。池子里开出了小小的几朵睡莲，水面上长满了绿藻。张云松说：“谢谢你。”赵娟抬头看他：“谢什么？”张云松答道：“总经理说你给她打过电话了。”赵娟哦了一声，细声细气地说：“那也是因为我给你惹了麻烦。”张云松忙摇手：“哪里是这样，怪我。”两人一时无话。张云松又说：“明天我去虞城了，要待半年时间。望花这边的事情，交给了蒋芸姐。”赵娟没有搭话，鞋跟一下一下磕着地面。张云松继续说了下去：“如果有机会，欢迎来虞城玩。”赵娟忽然抬头问：“那次我们躺在学校的草地上，你是不是想牵我的手？”张云松愣住了，一时间没有想起是怎么回事。赵娟笑了笑，说：“我瞎问的，你当没听见。”

两人绕过水池，继续往前面走。赵娟揉了揉眼睛，张云松问她怎么了，她说没事儿。铁栅栏上的攀缘月季开了一片，红粉黄白橙，香气扑鼻。张云松问她妈妈的病情，问她的休息情况，问她这个，问她那个，她都简短地回答了几句。铁栅栏外面的马路上，车流人流，此起彼伏的声浪拍打过来。有人叫赵娟。抬头看，一个瘦小精干的老伯快步走过来，拉住赵娟的手："走！"张云松急忙挡住："你是谁？"那老伯看都不看他一眼，继续拉着赵娟："你不能再惹磊子生气了，你妈要是再知道，看你怎么交代。"赵娟央求道："爸，我跟他说完两句话，就回去了。"那老伯没好气地说："有什么好说的？快回去！"赵娟没办法，一边随着那人往前走，一边回头看他，喊了一声："保重！"张云松忙回道："你也是！"过不了一会儿，赵娟就消失在拐角那边了。

十

回到租房，已经是晚上九点多了。没有坐公交车，张云松是慢慢走回来的。客厅的饭桌上放着鱼香肉丝、青椒炒蛋、排骨汤，还有两碗米饭，不过都已经凉了。走到房间里，吴鹏飞趴在窗口抽烟。张云松问他："怎么做了这么多菜？"吴鹏飞闷声闷气地说："为你饯行啊。等你老半天不回来。"张云松走到窗口，看他的神情，"你可以打我电话啊。”吴鹏飞把烟头扔到楼下，转身过来说：“手机我摔了。”张云松惊讶地问为什么，吴鹏飞没有回答，又问他：“那你吃晚饭了吗？没吃的话，我再热热好了。”张云松说好。饭菜又热了一遍，张云松坐在桌前，招呼道：“看你的样子也没吃，一起来吧。”吴鹏飞又继续抽他的烟：“我没胃口。”张云松也不多劝，自己开吃，吃吃偷眼看吴鹏飞，他始终心事重重的模样。“见到张慧了吗？”吴鹏飞冷笑了几声：“见到了。她提出分手。”张云松放下碗，问：“前天不还是好好的吗？”吴鹏飞哼了一声：“那是来个完美的告别吧。”顿了顿，又接着说：“今天等了一上午，她才肯出来见我，一见面就说我们不合适，还是分了好。”张云松没有言语。吴鹏飞点点头，又说道：“嗯，的确是分了好。何必跟着我呢，一无所有。”张云松摇摇头：“不能这样说自己，困难总是暂时的。”吴鹏飞撇撇嘴：“女人等不了。”

拉着吴鹏飞出去，去城中村对面的小百货市场，买好了大袋子，又买剃须刀，换洗的内裤都破了几个洞，又买了一打廉价的四角短裤，回到租房后，衣服都从衣柜里翻出来，既然去半年，秋冬的外套羽绒服也是要带的，吴鹏飞说那一套西服也要带上，没准碰到重要的场合要用。乱乱糟糟地忙活到凌晨一点，才把所有的东西都收拾好。两人又坐在床上，各自抽烟。张云松说："分就分了吧，又不是找不到女朋友。"吴鹏飞瞅了他一眼，说："你别说我，你自己也要爷们儿一点，喜欢就直接说去，不要吞吞吐吐，要说不说的。"汉江那边传来汽笛声，张云松说："我喜欢这个声音。只要它一响啊，我总觉得自己会随着它去很远很远的地方。去哪里不重要，只要是在路上就成。"吴鹏飞啧啧嘴，笑道："你什么时候变成诗人了？"张云松踢了他一脚："是谁犯神经，要朗诵那个什么我不知道风往哪一个方向吹来着？"笑闹了一会儿，两人各自躺着睡下了。

早上七点钟，闹钟响起，两人起床洗漱完毕，吴鹏飞帮张云松拎着行李，下了楼，穿过巷子，来到滨江广场那边。张云松已经跟赵司机约好，在这里碰面，然后直奔虞城。浅浅的水雾从汉江那边弥漫开来，广场上零零星星有几个晨练的老人。吴鹏飞摸出一包烟，递给张云松一支，自己一根，各自抽上了。天上的鸽子一圈又一圈地盘旋往复，吴鹏飞仰头看了半晌，说："真不知道它们为什么不飞走，老在这里打转。"张云松也抬头看了看："谁知道呢。也许它们喜欢。"吴鹏飞看了看他："你去虞城，一定要把处男身给破了，我都看了着急。”张云松推了他一把：“去你的。要你管！”正说着，赵司机把车子开了过来，吴鹏飞帮着把行李放在后备箱，张云松要上车时，他伸开双臂说：“来，拥抱一个。”张云松笑道：“别人还以为我们有什么关系呢！”吴鹏飞依旧坚持说：“来嘛！怕什么！”张云松只好上前，吴鹏飞一下子紧紧抱住他：“好好干！”说完松开了手。张云松点点头，上了车。赵司机向吴鹏飞说了声再见后，开动了车子。

上汉江大桥，过鹿子山脚下，拐上省道，赵司机把车子开得飞快，这个城市很快就被甩到了身后。张云松看了看窗外的景色，说：“怎么是去望花的那条路啊？”赵司机瞅了他一眼，说：“去虞城嘛，当然要经过望花。它在望花西南方三百公里外。”张云松点点头。又一次经过邓家铺，这次出发的时间早，一路畅通。半个小时后，到了望花镇，赵娟住的那个小区，那个招待所，又一次出现在眼前。过望花桥时，张云松请赵司机停一下。赵司机说好，把车子停在桥边。张云松下了车，靠在栏杆上，望花河依旧平缓地流过桥下。风吹过河畔的芦苇，沙沙地响。车铃的叮当声，人们的招呼声，在身后响起。他转过身来，从那小区拥出一大拨上班的人群，他们都是往酒厂的方向去。赵司机探出头来："小张，该走了。"张云松点头说好，上了车后，对赵司机说："过望花街时，能不能开慢一点儿？"赵司机点头说好，车子跟在上班的车流后面慢慢开动，经过望花酒厂时，张云松闻到了那股浓浓的酒糟味儿。车子一过酒厂，就往虞城的方向开去了。

2014 年 9 月 5 日